「でかしたぞリリスよ。
これより、我が城に大浴場を作る！」
ザガンがリリスを配下に加えたのは、
この日のためだったのかもしれない。
マントを翻し、ザガンはリリスの前に降りていく。
魔王の俺が奴隷エルフを嫁にしたんだが、どう愛でればいい？

魔王城の中の
天国がここに――

「「おお……」」
花瓶と見紛おう、
とうてい食器とは思えぬ大きさのグラス。
そこに座して見れば見上げるほどの、
生クリームと氷菓子の積み込み。
なるほどこれはふたりでかかるに
不足のない相手ではあった。
「でも、先にこっち」
「甘い！なんなのこれ。
こんな甘いのでこの量とか
バカじゃないの？
甘っまー……って
ちょっとアリステラ！
こっちはアタシの分よ！」
「そんな決まりはない」
歓喜の声を上げるデクスィアとは対照的に、
アリステラは黙々とスプーンを動かし
反対側まで手を伸ばしていた。

# 魔王の俺が奴隷エルフを嫁にしたんだが、どう愛でればいい？10

手島史詞

HJ文庫
863

魔王の俺が
奴隷エルフを
嫁にしたんだが、どう
愛でればいい？
ザガン
本作の主人公。
幼いころとある魔術師に実験用として攫われ、逆に魔術師を暗殺してその財産と知識を手に入れた。
ネフィに一目惚れして買い取るが、初めて人に好意を持ったためにどう扱っていいのか悩んでいる。
ネフィ
白い髪を持つ珍しいエルフの少女。愛称はネフィ。魔力の高いエルフの中でも際立って魔力が高く、
“呪い子”として扱われていた。自分のことを「必要だ」と言ってくれたザガンに少しずつ好意を抱いていく。
ACTER

## 黒花・アーデルハイド

盲目のケット・シーの少女。かつて教会の裏組織<アザゼル>に所属しており、刀術に長ける。
現在は目の治療のため魔王城に逗留中。

## シャックス

医療魔術に長ける男魔術師。かつてシアカーンの下にいたが離反した。
黒花と最近仲が良いが、そのため黒花の義父・ラーファエルにしばしば狙われている。

## アルシエラ

夜の一族の少女。実は悠久の時を生きており、ザガンを<銀眼の王>と呼ぶ。 失われた歴史について把握しているが、何らかの理由で答えられない模様。

## ビフロンス

少年にも少女にも見える性別不明の魔王。ザガンに撃破され呪いを受けた。現在は魔王シアカーンと共闘中だが目的は不明。

## デクスィア＆アリステラ

シアカーンの配下の双子の少女たち。希少種狩りを続けるシアカーンの命を受けて黒花たちをつけ狙う。
容姿はほぼ同一だが、唯一、髪の結び目が左右で違う。

## シアカーン

魔王の一人で、黒花の故郷を滅ぼしたこともある希少種狩りの犯人。

先代魔王マルコシアスに粛清されたはずだが、生き残りビフロンスと共に暗躍している。

口絵・本文イラスト　COMTA

# Contents

# ✡ プロローグ

『いつも言っていますが、あなたはもう少し笑ってみた方がよいと思いますよ、アーシェ』

そう言って、困ったように笑うのは丸いメガネをかけた青年だった。

メガネは高級品だ。髪《かみ》は丹念《たんねん》に櫛《くし》で撫《な》でられ、身なりも小綺麗《こぎれい》に整えられている。だが貴族というよりはその侍従《じじゅう》と言った風情《ふぜい》の服装である。

別に誰《だれ》かに仕えているわけではないが、本人が言うにはこの服装は都市でも目立たないで済むらしい。背中には釣《つ》り竿《ざお》のように長い、なにかの包みを背負っている。

笑えと言われた私は、できるだけ〝不機嫌《ふきげん》〟というものを込めて視線を返した。

私がその名前で呼ばれることを嫌《きら》っていると知っているくせに、この男は未《いま》だにその名で呼んでくる。

青年は涼《すず》やかな微笑《びしょう》を浮《う》かべて、メガネの向こうから銀色の瞳《ひとみ》を返してくる。

数秒ほど睨《にら》み合って、根負けしたように肩《かた》を竦《すく》めたのは青年の方だった。

『まあ、いまはいいでしょう。それより、頼《たの》まれていたものが仕上がりましたよ』

その言葉に、私も彼《かれ》を睨むことをやめた。

『だからその、そろそろ睨むのはやめていただけないでしょうか……?』

いまは睨んでいないつもりなのだが、彼には伝わらなかったようだ。まあ、これもいつものことなのでどうでもいい。

諦《あきら》めたように、青年は背中に背負っていた包みを解《ほど》き始める。麻《あさ》の布の下にはさらに油をしみこませた羊皮紙を巻いた、厳重な包みだ。

麻布を解き、羊皮紙を剥《は》がしていくと、やがて姿を現したのは無骨な鋼《はがね》の筒《つつ》だった。

『全長一四四七・五ミリメートル。口径十二・七ミリメートル。総重量十二・九キログラム。弾速《だんそく》は秒速八五三メートル。弾種は竜式魔法陣《りゅうしきまほうじん》刻印済みの徹甲弾《てっこうだん》。二〇〇〇メートル先から天使の結界を粉砕《ふんさい》できます。理論上は、ですが』

私の背丈《せたけ》よりさらに大きなこれは、私たちが天使を殺すために考えた武器だ。

でも、二〇〇〇メートル先のものなんて見えない。

そう言うと、青年はその質問を待っていたというように武器に触《ふ》れる。筒の根元には、銃身《じゅうしん》とは別の筒が添《そ》えられていたのだ。

『ここを覗《のぞ》き込んでください。スコープと言って、遠くのものを映し出す道具を取り付けてあります。これとあなたの腕《うで》があれば、二〇〇〇メートル先であろうと狙撃《そげき》できるはずです』

青年は望遠鏡とかいうものの仕組みを饒舌《じょうぜつ》に語るが、私は半ば聞き流していた。

これがあれば、私でも天使と戦える。

長いこと動かなかった感情が、揺《ゆ》れ動《うご》く感覚がする。もしかするとこれは感動というものなのかもしれない。

でも、手に取ろうとして私は自分の浅はかさを思い知った。

とても重たいのだ。十三キロ弱の重量というのは、騎士《きし》の剣《けん》を数本束ねているかのようだった。これでは距離《きょり》を詰《つ》められたら戦えない。

『いえ、これはそもそもそういう武器なんですよ。気付かれる前に撃《う》つのが目的です。そもそも人間が天使と接近戦なんてしたら、死んでしまうでしょう?』

私はまたじっと青年を睨み付けた。

それでは、私が死ねないではないか。

さすがに今度は言いたいことが伝わったのか、青年はため息をもらして隣《となり》に腰《こし》を下ろしてくる。

『アーシェ、死に向かうあなたの気持ちはわかる、なんてことは言いません。あなたの絶望はあなただけのものだし、私の理由とは違《ちが》う。でも、私も、マルコシアスも、あなたに生きてほしいと思っているんです。生きていれば、きっと……』

きっと、そこに続く言葉はなんなのだろう。私はわからない。

青年が頭を撫でてくる。

頭を触《さわ》られるのは嫌いだ。

だってそこには、私が失った一族の証《あかし》が、踏《ふ》みにじられた証明があるから。

この世界は人間に優《やさ》しくない。

世界は神さまと天使のもので、人間はいらないものなのだ。できのいい人間は道具として見てもらえるが、そうでない人間は掃除《そうじ》される。

この世界で私みたいな者は少なくない。私よりもっと酷《ひど》い目に遭《あ》った者だっている。絶望して死を選ぶ者なんて、十秒にひとりくらいの割合でいる。

そんな世界だから、私には生きる理由がない。

でも、いらないものとして掃除されるのだけは耐《た》えられない。

だから、戦う。

戦って、抗《あらが》って死ぬのなら、納得《なっとく》できるから。

なのに、彼らは私に生きろと言う。

まったく理解できないわけではない。彼らは、私が死ぬためではなく、私が生き延びるために力を貸してくれている。

　戦うと言った私を、いらないものではなく人間として抗うと決めた私を、信じてくれている。それはわかってはいるのだ。

　私は武器を見つめて問いかける。これを、なんと呼べばいいのかと。

『名前ですか？　そうですね、天使を殺すために作ったのですから〝天使《てんし》狩《が》り〟というのはどうでしょうか。……ああ、個体としての名前ですか？　ふむ』

　少し悩《なや》んでから、青年はこう言った。

『〈マルドゥーク〉というのはどうでしょう？　オロバスから聞いた昔話に登場する、英《えい》雄《ゆう》の名前です。英雄なら、きっとあなたに力を貸してくれると思うんですよ』

　青年の存在は、後世に名前すら残されることはなかった。

　でも、私は知っている。

　千年経《た》っても、きっと忘れない。

　私の小さな世界で、私に初めて希望を与《あた》えてくれた英雄は、彼だったのだから。

◇

「……夢？」

ザガン城地下大空洞《だいくうどう》。そこで目を覚ましたアルシエラは、半ば呆然《ぼうぜん》としてそう呟《つぶや》いた。

目の前には分解された〈シュテルン〉と〈モーント〉――二挺《ちょう》の〝天使狩り〟が散らばっている。どうやら整備中に眠《ねむ》ってしまったらしい。棺桶《かんおけ》の中ならいざ知らず、テーブルに突《つ》っ伏《ぷ》して居眠《いねむ》りというのは、ここ五百年はなかったことである。

アルシエラは懐《なつ》かしそうにため息をもらす。

夢など見たのは何十年ぶりだろう。いや数百年ぶりかもしれない。

あれから、戦いは続いた。

戦って、戦って、戦って、何体も何体も天使を倒《たお》し、共に戦う仲間も増えて、そんな仲間たちが死んで、たくさんの人が死んで、それでも諦めずに抗い続ける人がいて、救おうとしてくれる人がいて。

そんな中で〈マルドゥーク〉以降も何挺もの〝天使狩り〟が生み出されたが、手元に残ったのはこの二挺だけだった。

皮肉にも、彼らが忌避《きひ》していた近接戦用の〝天使狩り〟だ。

なにより皮肉なのは、一番死にたがっていた自分が、最後まで生き残ってしまったことだろうか。不死者に生き残るというのは滑稽《こっけい》だが、ここはそう表現させてもらう。

無責任で身勝手な連中だと思う。人に生きろと言っておきながら、自分たちはさっさと死んでしまうのだから。

でも、それでも……。

「……ええ。わかっていますわ。貴兄《きけい》にはしつこく、生きろと言われましたものね、銀眼《ぎんがん》の王さま」

ザガンの他《ほか》にアルシエラがその名で呼んだ男たちは、揃《そろ》いもそろって同じ言葉を口にしたのだ。さすがにその言葉だけは裏切れない。

――いつか、いまの銀眼の王も同じ言葉を口にするのですかしら？

まあ〈魔王《まおう》〉という生き物は長寿《ちょうじゅ》なのだ。長い人生の中で一度くらいそんな言葉を口にする機会が来るかもしれない。まあ、天地がひっくり返るくらいのことがないと、いまの彼はそんなセリフを言ったりしないとは思うが。

脇腹《わきばら》を押《お》さえる。

こうしているいまも、じわじわと出血を続ける、塞《ふさ》がらない傷。自分の命は、あとどれくらい保《も》つだろうか。

そう考えて、苦笑《くしょう》する。

――身勝手なのは、あたくしも同じでしたわね……。

千年も死を想《おも》って生きてきたのに、いまごろになって生に執着《しゅうちゃく》しているのだ。なんとも滑稽な話ではないか。

そんなときだった。

大空洞に足音が近づいてくる。ザガンだろう。ここへ自由に立ち入れるのは城主である彼しかいないのだから。

素早《すばや》く二挺の〝天使狩り〟を組み直し、動作を確認《かくにん》する。

先日、できそこないどもを殴《なぐ》りつけたこともあり、だいぶ部品が傷《いた》んできている。最後の戦いの前に、修復の必要があるかもしれない。

だが武器を使う者と作る者は別なのだ。千年生きていようが死んでいようが、使う者として歩いてきたアルシエラは、いまさら作る者にはなれない。

――あの変人は、あまり頼《たよ》りたくないのですけれど……。

千年前に失われた〝天使狩り〟だが、その製法を知る者がいまの世にもひとりだけいる。ほんの一年ほど前にはふたりいたが、そちらは現世を去った。

ため息をかみ殺して〝天使狩り〟を太ももにくくりつけたホルスターに仕舞《しま》う。

そこで、ようやくザガンがやってきた。

「ごきげんよう、銀眼の王さま。お食事の時間ですの？」

白々しくもその名前で呼ぶと、ザガンはやはり渋面《じゅうめん》を……作らなかった。

「いや、お前に訊《き》きたいことがある」

どこか鬼気迫《ききせま》る表情で、なにかあったらしいことがわかった。

己《おのれ》の失態を恥《は》じる。

普段《ふだん》なら分身のコウモリを飛ばして周囲の状況《じょうきょう》くらい把握《はあく》しているのだが、いまは眠りこけていたせいでなにがあったのかわからない。

〈アザゼル〉のことは答えられないと、彼もわかってはいるはずだが……。

「……なにか、ありましたの？」

慎重《しんちょう》に問いかけると、ザガンは〈魔王〉の威厳《いげん》を込めてこう言った。

「アルシエラ、風呂《ふろ》のことに詳《くわ》しいというのは本当か？」

〈魔王〉の言葉を理解するのに、数秒のときを要した。

「風呂……というのは、入浴するときの、あれですの？」

「うむ。その風呂に外《ほか》ならん」

「ええっと、その、人並み程度には知っているつもりですけれど……？」

そう答えると〈魔王〉の顔にもホッとしたような笑顔《えがお》が浮かんだ。彼の嫁《よめ》の前でならともかく、アルシエラにこんな表情を見せたのは初めてではないだろうか？

「では来るがよい。貴様の力が必要だ」

「あの、もう少しわかるように説明していただきたいのですけれど」

そう問いかけると、ザガンはそんなこともわからないのかと呆《あき》れたような顔をした。


「この城に大浴場を造ると言っているのだ！」


「……ええー」

こんなに脱力《だつりょく》したのは千年ぶりだった。

それから、ふと夢のことを思い出す。

——生きていれば、きっと……——

ついぞその言葉の続きを聞くことはなかったが……。

ザガンが驚《おどろ》いたように目を丸くする。

「どうかなさいまして？」

「いや、貴様がそんなふうに笑うのは初めて見た」

次に驚かされたのはアルシエラの方だった。自分の頬《ほお》に触れてみると、確かにその頬と唇《くちびる》は笑《え》みを作るようにゆるんでいた。

「ええ、そうですわね。生きていれば、きっと……」

千年前に聞けなかった言葉の続きを、ようやく聞けたような気がした。

「なにをぶつぶつ言っている？」

「クスクス、なんでもありませんわ」

とはいえ、この〈魔王〉はなんだってこんなことを言い出したのか。

ことの発端《ほったん》は、その日の朝――

「私はね、腹を立てているのだよ――〈魔王〉ザガン」

ザガン城玉座の間。その玉座に向かって冷たい怒《いか》りに震《ふる》える声をもらしたのは、ザガンの盟友にしてネフィの母親でもある老婆《ろうば》――〈魔王〉オリアスだった。

ひと月と半分も前のことになる。〈アーシエル・イメーラ〉の祭りの日に端《たん》を発したザガンと〈魔王〉シアカーンとの抗争《こうそう》は、一か月前に聖都ラジエルでの宝物庫破りにてさらにオリアスとビフロンスという、両陣営に新たな〈魔王〉を巻き込んで規模を大きくした。シアカーンとつるんでいたビフロンスには結果的に一杯《いっぱい》食わせることができたが、首謀《しゅぼう》者《しゃ》のシアカーンに関しては未だに居所を摑《つか》めずにいる。

――あのときいたシアカーンの部下を捕獲《ほかく》できていれば……。

ラーファエルが同行していた少女ふたりは、シアカーンの配下だったという。ラーファエルが直《じか》に触れていたことから魔力《まりょく》をたどれないかと試《ため》してはみたが、そこはさすがビフロンスというべきか、綺麗《きれい》に痕跡《こんせき》を消されていて追跡《ついせき》は不可能だった。

その後、シアカーンに動きはなく、旧友マルクの手がかりも得られないままひと月が過ぎたのだった。

そんな中、オリアスはネフィとの復縁《ふくえん》もあってザガン城に身を寄せていたのだが……。

冷たい怒りに燃えるオリアスは、真っ白な髪にツンと尖《とが》った耳、紺碧《こんぺき》の瞳を持っている。エルフの中でもハイエルフと呼ばれる上位種の証である。

ひと月前に会ったときは聖騎士《せいきし》の洗礼鎧《せんれいがい》に身を包み、十代の若々しい姿をしていたが、現在は純白のローブをまとった魔術師《まじゅつし》姿だ。彼女《かのじょ》にもなにかしら心境の変化があったようで、かつては目深《まぶか》にかぶっていたフードを脱《ぬ》いでいるが。

それゆえにその紺碧の瞳から放たれる苛烈《かれつ》な怒気《どき》が、遮《さえぎ》られることなく突きつけられてくる。

常人なら意識を保つどころか心臓すら止められかねない怒気に、ザガンは玉座の上で涼風《りょうふう》でも受け流すように足を組み直す。

「なんの話かわからんな、〈魔王〉オリアス」

冗談《じょうだん》でも口にするような軽い口調ながら、その言葉には〈魔王〉の怒気すら打《う》ち砕《くだ》く強《きょう》烈《れつ》な魔力が込められていた。

両者の間には不可視の魔力が嵐《あらし》のように暴《あば》れ狂《くる》い、ザガンの玉座に、オリアスの立つ床《ゆか》に、甚大《じんだい》な亀裂《きれつ》を走らせていく。

それはかつてこのふたりが、敵としてエルフの隠《かく》れ里《ざと》で出会ったときの再来だった。

玉座の間にあるのはふたりの〈魔王〉の姿だけである。

ともすれば〈魔王〉の秘密対談のごとき場ではあるが、そこにあるのは一触即発《いっしょくそくはつ》、火の付いた火薬庫の方がよほどくつろげるような緊迫《きんぱく》だった。

しかしながら恐《おそ》るべきはふたりの〈魔王〉ではない。その尋常《じんじょう》ならざる魔力の奔流《ほんりゅう》を一《ひと》欠片《かけら》たりとも外へ漏《も》らさぬ強固な結界である。その強度たるや、数十メートル地下とはいえあの用心深い夜の一族アルシエラですら、気付かずに熟睡《じゅくすい》してしまえるほどだった。

ここでいま〈魔王〉同士の殺し合いが始まったところで、外にいる者は鳥のさえずりほどの音にも聞こえないことだろう。

睨み合ったのはほんの数秒のことだろう――それ以上続けばこの玉座の間は崩壊《ほうかい》を始めている――次に口を開いたのはオリアスの方だった。

「私を謀《たばか》るとは、キミもずいぶんと思い上がったものだね」

渦巻《うずま》く嵐が苛烈さを増し、ザガンのすぐ後ろで玉座の背もたれが弾《はじ》ける。

それでもザガンは動じることなく、それでいて威圧的《いあってき》に答える。

「なんの話かわからんが、俺《おれ》はネフィの母である貴様に対しては、敬意を払《はら》っている。だが、〈魔王〉としての言葉であればその限りではないぞ？」

ザガンの返す言葉に、今度はオリアスの足下《あしもと》で石畳《いしだたみ》が砕けた。

思えば、これは必然だったのかもしれない。

魔術師は徹頭徹尾《てっとうてつび》おのれの損得しか考えず、その王たる〈魔王〉ともなれば望むものを奪《うば》い、意に沿わぬものを滅《めっ》する歩く災厄《さいやく》である。

そんな〈魔王〉ふたりが同じ城でひと月も暮らしていれば、必ずこうなる。むしろ三十日もの間、共生していられたこと自体が奇跡《きせき》なのだ。もはや彼らの対立は、相手の死を以《もっ》てしか購《あがな》えぬほどに硬化《こうか》していた。

オリアスは言う。

「キミは、キミの配下に危害を加えぬことを条件に、この城での私の行動を制限しないと約束したはずだ」

「相違《そうい》ない。それが俺と貴様との契約《けいやく》だ」

「……それが、虚言《きょげん》だと言っているのだ」

ギリッと、オリアスが歯を食いしばる。

「せっかく娘《むすめ》と仲直りできたのに、このひと月神霊魔法《しんれいまほう》の手解《てほど》き以外でろくに会話もできぬのはどういうことだ」

玉座の背もたれが完全に粉砕され、ザガンは逆に目を見開いて怒りを返す。

「ふざけるな。俺だってネフィと恋人《こいびと》らしいことがしたいのに、ラジエルから帰ってきてからデートにも行けておらんのだぞ？」

波濤《はとう》のごとき怒りの魔力に、ついぞオリアスの周囲に大穴が空く。

「キミは娘といっしょに暮らしているのだからよかろう？　私はいつまでもここにいるわけにはゆかぬのだ」

そう言って、ビタッとザガンを指さす。

「譲《ゆず》りたまえ」

「――断る」

これから世界でも滅《ほろ》ぼしかねない剣幕《けんまく》で、ふたりの〈魔王〉はネフィの取り合いをしているのだった。

ザガンはため息をもらす。

「そもそも、ネフィと話したいなら好きに話せばよかろう？　なんだったら厨房《ちゅうぼう》でいっしょに料理でも作ればよいではないか。いい口実になるぞ」

〈魔王〉相手に堂々とご飯を作れと言うザガンに、オリアスはグッと言葉を詰まらせる。

「……私も、忙《いそが》しいのだ」

「なんだ。料理などしたことがない口か？　気にするな。誰だって初めはやったことがないものだ」

夢魔《むま》の姫《ひめ》であるリリスなどはまさにその口だったが、いまではそれなりのものを作れるようになっている。シャスティルやバルバロスのように味覚から問題のある者もいないでもないが、教えてくれる者がいるのならあとは慣れだ。

しかしオリアスは沈痛《ちんつう》そうに額を押さえる。

「いや、それもあるが、キミの配下たちにも原因はあるのだが？」

「……というと？」

さすがに身に覚えがないのでザガンが首を傾《かし》げると、オリアスは堰《せき》を切ったように言いつのる。

「説明が難しいのだが。……そうだね。ラーファエルと言ったか、あの執事《しつじ》が剣の手解きを求めるのはまあ許容しよう。娘の頼みでもあるからね」

執事のラーファエルは元とはいえ聖騎士長だ。聖剣《せいけん》〈メタトロン〉はいまも彼と共にあり、その真なる力である【告解】を習得しようと躍起《やっき》になっている。

「あー、うん。まあ、それはすまん。……そんなに手がかかるのか？」

「……いや、中々凄《すさ》まじい剣才の持ち主だ。私が教えるまでもなく、独学でほとんどたどり着いていたよ。私が与えたのはきっかけくらいだろう」

「え、じゃあなんで忙しいんだ？」

「まあ、私も少し昔を思い出してね。軽い稽古《けいこ》に付き合ってはいる」

「ほう。それは興味があるな。戦績はどんな感じだ？」

そう訊くと、珍《めずら》しくオリアスは渋面を作った。

「二〇〇戦ほどやって、三敗を喫《きっ》した」

あのラーファエルが完全に負け越《こ》しているらしい。まあ、オリアスが生きてきた年数を考えれば仕方のない結果かもしれないが。

「なら、いいではないか」

「よくはない。三敗もしたのはここ数日の話だ。あの男、じきに私より強くなるぞ」

その答えは、ザガンには意外に感じられた。

人間というものは魔術師でもなければ老いれば衰《おとろ》えるものと考えていたが、聖騎士には当てはまらないのだろうか。衰えるどころか〈魔王〉が焦《あせ》りを覚えるほど、さらに研鑽《けんさん》されているとは。

――いや〝技《わざ》〟というものが衰えないのだろうか。

未だにどう向き合えばいいのかわからない力。おかげで先日、図星を突かれたくらいで腹を立ててしまった。

その力と真《ま》っ直《す》ぐ向き合えているラーファエルが、ザガンには眩《まぶ》しくさえ見える。

ザガンは頭を振《ふ》って葛藤《かっとう》を振り払った。

なんにせよ年寄り同士気が合うのか、ずいぶんラーファエルを気に入ったらしい。〈魔王〉からここまで評価された聖騎士など、教会の歴史の中でも他にいないだろう。

だが、それゆえにザガンは眉《まゆ》を顰《ひそ》めざるを得ない。

「楽しんでいるようではないか。それで俺が批難されるいわれはないと思うのだが？」

「彼は許容すると言った。しかし他の配下はなんなのかね。たとえばあのシャックスとかいう魔術師だ」

「え、あいつまたなんかやらかしたの？」

シャックスの察しの悪さと間の悪さは、ザガンでさえ引くほどだ。オリアスにもなにかした可能性は否定できない。

「治癒《ちゆ》の神霊魔法を知りたいと言って、娘の手解き中もこちらを見てくるのだが」

「あー……。それは、すまん。やつには言っておく」

「それと他の配下たちもやれ魔道書《まどうしょ》の解釈《かいしゃく》だの意見だのを聞きに来たりで、あまりに多いからまとめて面倒《めんどう》を見てやれば、いつの間にか城中の魔術師《まじゅつし》が集まるようになっている」

ちょっと言われたことがよくわからなくて、ザガンは頭を捻《ひね》った。

「ああっと、そういえば大きめの部屋を貸してほしいと言っていたが、まさかそこで配下どもに魔術指南でもしていたのか？」

「まあ、結果的にそうなるだろうか」

「〈魔王〉手ずから講習を開けば、それは受講者が殺到《さっとう》するに決まっているだろうが」

しかも彼女がネフィの母であることは周知の事実である。いくら相手が〈魔王〉とはいえ警戒《けいかい》よりも好奇心《こうきしん》が勝《まさ》るのは仕方のないことだろう。

ザガンは呆れて返す。

「ずいぶんと好かれているようではないか。貴様もそう悪い気はしていないように見えるのだが？」

「……だから困っているのだ。娘との時間が取れんではないか」

「断ればよかろう？」

「……」

オリアスはなぜか言葉を詰まらせた。

――あー、あれか、シャックスがなんやかんやで浮浪児《ふろうじ》を追い払えないみたいな？

あの不器用な男は放っておけばいいのに、怪我《けが》をした浮浪児なんかを見かければ手当てをしたりパンを恵《めぐ》んでやったりするものだから、街に降りるたびに群がられている。そしてそれを追い払えずに結局また面倒を見るのだ。

ザガンも人のことは言えない方ではあるが、オリアスやシャックスほど重症《じゅうしょう》ではないつもりだ。

黒花が止めてくれれば少しは違うのかもしれないが、まあ望みは薄《うす》いだろう。あれはそういうところも含《ふく》めて、シャックスを好いているようだし。

――黒花も別に剣を捨てて普通《ふつう》の女になってもいいと思うんだがな……。

目も見えるようになって、ようやく過去のしがらみからも脱却《だっきゃく》できたのだ。ザガンよりも〝普通〟というものを知っているはずだし、そろそろ自分の幸せを考える道を選んでもいいとは思う。

まあ、同時に黒花は戦うことを選ぶだろうこともわかっていた。

なぜならシャックスは魔術師で、医師という道を歩いているのだから。

——いや、いっそのことシャックスともども隠居《寿退社》させる手も……。

そこまで考えて、盛大に話がずれていることを自覚する。

——というか、それで俺に文句言われても本当に困るんだが……。

しかしまあ、彼女自身も断り切れなくてザガンを頼ってきたのもわかる。

少し考えてから、ザガンは口を開く。

「では、講習会の日にちを決めたらどうだ？　毎日やらずとも、週に一度などでも誰も文句は言わんと思うぞ」

「ふむ……。まあ、一理あるな」

「というか、そんなに忙しいのならゴメリあたりを助手にこき使えばよいであろう。あれはあなたの弟子《でし》だろう？」

ことあるごとに愛《め》で力《りょく》がどうしたと騒《さわ》ぎ立《た》てるおばあちゃんだが、師の前では借りてきた猫《ねこ》のように従順になる。それに、あんなおばあちゃんだが魔術師としては限りなく有能ではあるのだ。

そう提案すると、オリアスはまた渋面を作る。

「あれときたら魔王殿《まおうでん》に籠城《ろうじょう》しているようで、一向に私の前に姿を見せないのだよ」

「……最近静かだと思ったら、あいつなにやってるんだ」

あのおばあちゃんなら相手が雑草でも愛でるような気はするが、いま一番いじり甲斐《がい》があるのは黒花とシャックスのはずだ。その黒花の目の治療《ちりょう》でザガン城に居候《入院》中である。それを自ら放棄《ほうき》するなど発狂《はっきょう》ものの苦痛だろうに。

――まあ、ラーファエルがいるから大っぴらにくっついたりもできんようだが。

というかそんな静かな環境《かんきょう》でネフィとなにも進展していないザガンこそ、恥じ入って然《しか》るべきなのかもしれないが。

そう考えて、ザガンはハッとする。

――いや、逆なのか？

ザガンやシャックスたちに進展らしい進展が見られないから、ゴメリは魔王殿に閉じこもっていられるのではないだろうか。

つまり、この膠着状態《こうちゃくじょうたい》を崩《くず》せばゴメリをおびき出せるのでは……。

さすがに自分が冷静ではないことを自覚して、ザガンはため息をもらした。

「……はあ。お互《たが》い、ちょっと息抜《いきぬ》きを考えた方がいいかもなあ」

オリアスもひと通り愚痴《ぐち》をはいて、落ち着いたらしい。なんだか申し訳なさそうな顔をする。

「そうだね。いささか、私も平常心を欠いていたようだ」

「いや、気にしないでくれ」

思えばザガンも、親孝行というのだろうか。オリアスに対する配慮《はいりょ》が足りなかったところはある。先日の新婚旅行《しんこんりょこう》（仮）は楽しかったし、フォルを含めた親子三代で旅行とか、そういうことを考えた方がいいのかもしれない。

それからオリアスは玉座の間を去って行き、ザガンも崩壊寸前の玉座の間を魔術で修復する。

そしてその直後、またしても玉座の間の扉《とびら》が叩《たた》かれた。

「ちょっと王さま、ここの連中どうなってるのよ！」

やかましい怒声《どせい》が響《ひび》いて、ザガンは今日も城は平和だとため息をもらすのだった。

◇

「リリスちゃん、ご機嫌《きげん》ッスねー。なにかいいことあったッスか？」

ザガン城、使用人寝室《しんしつ》と厨房を繋《つな》ぐ回廊《かいろう》にて。幼馴染《おさななじ》みのセイレーンの言葉に、リリスは赤い髪を振り払ってまんざらでもなさそうな笑みを返す。

「ふふん、わかる？　今日はアタシがお風呂当番なのよ。自分で綺麗にしたお風呂に入るのは気分がいいでしょ？」

夢魔の姫たるリリスは、その美貌《びぼう》を保つことを至上の喜びとする。そんな美貌の天敵は疲労《ひろう》である。

風呂はあらゆる疲労を取り除き、肌《はだ》に潤《うるお》いと回復を与える最上の美容法と呼べよう。

だがしかしここは〈魔王〉の城である。ここの主《あるじ》はリリスではなく、風呂の掃除係も当番制で、常に完全というわけにはいかない。設備自体は悪くないのだが、当番によって掃除に粗《あら》があったりで、なかなか満足できなかったのだ。

しかし、ザガンが配下の尽力《じんりょく》に応《こた》えてくれる王であるのも事実だ。

以前、そうした欲求をぶつけてみたところ、当番の者はその日の風呂を自由に入れてよいと——泡風呂《あわぶろ》やミルク風呂など、リリスの心を満たしてくれるコストの高い入浴法を認めてくれたのだった。

さらには自分で掃除するのだから、気が済むまで綺麗な状態にすることができる。

──まあ、欲を言えば自分専用のお風呂が欲《ほ》しいけど。

仮にも相手は〈魔王〉だ。さすがにリリスとて、これ以上は高望みであることくらいは理解している。魔術師ですらないリリスにそこまで応えてくれるのだから、かの王の器の大きさは本物だと思う。

つまるところ、リリスにとってこの城で一番の娯楽《ごらく》が風呂《ふろ》なのだった。これればかりは誰《だれ》にも譲れない。

「リリスちゃん、お掃除《そうじ》上手になったッスよね」

「ふん。アタシは高貴なる夢魔の姫よ？　これくらいどうってことないわ」

高貴な自分が風呂掃除に充実感《じゅうじつかん》を覚えていることに疑問を抱《いだ》かない程度には、リリスもこの城に順応したのだった。

「今日はミルク風呂にしたのよ。水なんて触ってると手が荒《あ》れちゃうもの。週に一度はあれに入らないとダメよね」

心地《ここち》よさで言うなら泡風呂の方が上かもしれないが、肌によいのがどれかと言われればやはりミルク風呂が一番だと自負している。

セルフィも同意するように何度も頷《うなず》く。

「ミルク風呂はいいッスよね。リラックスできるし、リリスちゃんが丸一日怒《おこ》らなくなるから最高ッスよー」

「ふふん、当然よ。……って、うん？」

なんだかいま聞き捨てならないことを言われたような気がするのだが、セルフィは気にも留めていないらしく微笑《ほほえ》ましそうに続ける。

「リリスちゃん、昔からお風呂大好きッスよねー」

「まあ、嫌《きら》いではないわね。本当は日に三度くらいは入りたいんだけど……」

リュカオーンにいたころは、一日三度、時間にすると三時間は入浴していたのだ。それがいまでは長くとも一時間程度しか入っていられない。時間がないというより、順番があるのでさっさと上がらなければならないのだ。

それでも、一時間は相当な長さではあるが。

他にも温泉に浸《つ》かりたいだとかサウナがほしいだとか細かい要望も挙げればキリがないのだが、魔術師連中はあまり風呂に入らない――あれで清潔なのか疑問だが――ので、リリスの風呂の時間はこれでも長めにもらっている方だ。これ以上は文句も言えない。

――あと、せめて男湯と女湯くらいは分けてほしいけど……。

風呂は男女で時間が決まっていて、かち合うことのないようにはなっている。

聞いた話では、ほんの九か月前まで、この城にはザガンとネフィのふたりしか住んでいなかったらしい。ふたりで使うなら、確かに風呂もあれで問題なかったのだろう。ふたりで入るくらいなら十分な広さはあるわけだし。

――いや、あの王さまがネフィさんと混浴とか絶対無理よね。

よしんば、なにかしらの奇跡が起きていっしょに入れたとしても、そのあとお互い顔も合わせられなくなるだろうことは想像に難《かた》くない。

とはいえ、いまはミルク風呂だ。

ニコニコ笑顔のリリスに、セルフィが言う。

「じゃあ、これからお風呂ッスか?」

「ええ。厨房の支度《したく》が終わったら入らせてもらうつもりよ」

「なら自分もいっしょに入っていいッスか?」

「ふえっ? い、いいいいいっしょにって、そんな……」

高貴なる夢魔の姫であるリリスは、誰かに体を洗わせることがあってもいっしょに入るという概念《がいねん》を持たない。というかお互いもう、子供ではないのだ。同性とはいえ、ちょっと恥ずかしい。

まあ、その高貴な姫（×二）がお風呂掃除をしたり厨房で皿洗いなどをしているのだから、いまさら関係ないという話もあるが。

にわかに顔を赤くすると、セルフィはしょんぼりと表情を曇《くも》らせる。

「えー、ダメっすか？　前はいっしょに入ってたじゃないッスか」

「こ、子供のころの話でしょっ？」

セルフィが家出をする前、まだリリスが八歳《さい》かそこらだったころは、もうひとりの幼馴染み黒花と共に三人で風呂に入ることもあったのだ。

リリスは顔を赤くしながらも、まんざらでもなさそうに呟く。

「し、仕方ないわね。黒花もいっしょでいいなら、入ってあげても、いいわよ？」

幼馴染みの中でも筆舌《ひつぜつ》に尽《つ》くしがたい苦難に見舞《みま》われてきた黒花だが、現在は目の治療もあってこの城に滞在《たいざい》している。

幸い術後の状態は良好なのだが、一年以上も視力を失った状態だったのだ。ものを見ることにも訓練《リハビリ》というものが必要なのだろう。治療法《ちりようほう》も〝魔法《まほう》〟という不安定な力によるものなので慎重に経過を観察しているのだとか。

なので、リリスとしては彼女の気晴らしになることにはできるだけ協力したかった。

セルフィが両手を挙げて大喜びする。

「ホントっすか？　わーい、やったー！　あとで黒花ちゃんにも声かけてくるッス」

「……もう、今回だけなんだからね？」

こっそり自分の胸を押さえる。

まあ、いっしょに風呂に入るのは恥ずかしいが、嫌《いや》というわけではないのだ。困るのは、幼馴染みふたりに比べて自分の成長していない部分が目についてしまうというか、それでもやはり興味はあるというか、言葉にできない葛藤にリリスは懊悩《おうのう》した。

と、そのときだった。

「ふむ。貴様ら、これから厨房か？」

回廊の向かいからラーファエルが姿を見せた。

頬から眉間《みけん》にかけて凄まじい傷跡《きずあと》のある、初老の紳士《しんし》だ。左腕《ひだりうで》は義手の甲冑《かっちゅう》に覆《おお》われており、魔術師でもないのにザガン配下の魔術師たちを束ねる、この城の執事である。

強面《こわもて》ではあるが、尊敬できる上司なのでリリスはスカートのふちを持ち上げて、セルフィは片手を振って挨拶《あいさつ》を返す。

「ごきげんよう、執事殿《しつじどの》……って、ひえっ？」

「はーい、これからご飯の準備……ふぁっ、ラーファエルさん、ひどい格好じゃないッスか！　なにがあったんッスか？」

そこに現れたラーファエルは、血と泥《どろ》にまみれた修羅《しゅら》のごとき姿だった。

なにかと戦っていたのだろうか。ラーファエルは頭から血を流していて、衣服は燕尾服《えんびふく》と認識《にんしき》できぬほど泥まみれになっている。

さすがにこれにはリリスとセルフィも顔色を変えた。

「ふん、気にするな。貴様らには関係ない」

そうは言われても、この執事もザガンに負けず劣《おと》らず……いや、ザガン以上にわかりにくい言動を取る男である。それでも根は面倒見《めんどうみ》がよく優《やさ》しい人物なので、リリスたちも言葉通りに気にしないことなどできない。

ふたりが慌《あわ》てていると、ラーファエルもさすがに自分の言葉足らずを悟《さと》ったのか、改めて口を開く。

「ただの修練だ。傷もない。厨房にはすぐ入る」

「そう……ッスか？」

「ならいいけど。……その前にお風呂くらい入ってきたら？　厨房に入っていい格好じゃないわよ」

リリスが提案すると、ラーファエルも素直《すなお》に頷いた。

「そうだな。では、すまぬがそうさせてもらう」

「いいわよ。スープの拵《こしら》えから始めておけばいいんでしょ？」

「まだ時間あるから、急がなくても大丈夫《だいじょうぶ》ッスよー」

リリスとセルフィがぱたぱたと手を振って見送ると、執事は浴場へと足を向ける。

その背中が見えなくなってから、リリスはがっくりと膝《ひざ》を突《つ》いた。

「どうしたッスか、リリスちゃん？」

「……ううん、なんでもない」

目元に滲《にじ》んだ涙《なみだ》を拭《ぬぐ》って、リリスは笑い返す。

――一番風呂、入りたかったなあ……。

しかしまあ、あんな格好の執事を見て先に風呂に入らせろと言えるほど、リリスの神経は太くないのだ。

それにあれでラーファエルは他《ほか》の魔術師連中に比べれば清潔だし、風呂も綺麗に使ってくれる。なにより、普段から仕事もわかりやすく教えてもらっているし、最近では調理も上手《うま》くなったと褒《ほ》めてくれるようになったのだ。これくらいは恩返しと考えよう。

気を取り直して立ち上がると、前方にまた見知った顔が現れる。

「あ、シャックスさん、おつかれさまッスー」

「あら、今日は黒花はいっしょじゃないの？」

ザガン配下の魔術師シャックスだった。

黒花の治療に当たったのは〈魔王《まおう》〉の嫁――信じがたいことに未《いま》だに婚姻《こんいん》を結んでいないらしいが――ネフィだが、術後の経過を観察しているのはこちらの方だった。

いや、実際に診察《しんさつ》に当たっているのはやはりネフィらしいのだが、その報告を聞いて判断するのが彼《かれ》の役目というか、なんだか面倒臭《めんどうくさ》いやりとりをしている。

この男もなにか訓練でもしていたのか、ずいぶん汗《あせ》をかいていて息も切らしている。ズボンの裾《すそ》が泥で汚《よご》れているのも気になるところだろうか。

リリスの問いかけに、シャックスは難しそうな顔をする。

「いや、別に俺はずっといっしょにいるわけじゃねえし、クロスケだって自分の時間とか欲しいもんだろ？」

「ふぅん……？」

そんな返事に、リリスは疑いの目を向ける。

黒花がこのさえない魔術師に夢中というか、べったりなのは周知の事実だ。それが自分の時間を大切にしたいなど、違和感《いわかん》しか抱けない。

問《と》い詰《つ》めたものか迷っていると、セルフィがカラカラと笑いながら言った。

「またまたー、そんなこと言って黒花ちゃんとケンカしたとかじゃないッスよね」

「えっ、い、いいいいいや、そんなことは！」

　額からダラダラと汗を流し、シャックスは途端《とたん》にしどろもどろになった。

「えー、マジっすか……？」

　これにはセルフィですら絶句した。

「……はあ。アンタ、黒花に変なことしたんじゃないでしょうね。あの子が怒るなんてよっぽどよ？」

　なにせこの男は察しが悪い上に間も悪く、おまけに鈍感《どんかん》なのだ。それを黒花は涙ぐましい努力で支えようとしているのに、怒るというのは普通ではない。

　まあ、その鈍感さに黒花の忍耐《にんたい》が切れたというのは、あり得ない話でもないが。

　ふたりの少女からじとっと睨《にら》まれ、シャックスは観念したように言う。

「いや、誤解……ってわけでもないが、違《ちが》うんだ。クロスケを怒らせたのは事実だが、酷《ひど》いことはしてないし、するつもりもない。絶対にだ」

　なんとも凄まじく怪《あや》しいが、黒花に酷いことをするつもりはないというのは本当だろうと思った。

　――だったらその〝クロスケ〟って呼び方もやめた方がいいと思うんだけど。

　そうは思うが、当人同士の問題といえばその通りである。リリスも深くは追及《ついきゅう》しないことにした。

疑いが晴れたと思ったのか、シャックスは頭を掻《か》いて気楽そうに笑う。

「まあ、あれからひと月も経《た》ってるし、ちょっとろくに口も利《き》いてくれなくなっただけだから大丈夫だ」

「それ、ちっとも大丈夫って言わないと思うんだけど……」

「それよかラーファエルの旦那《だんな》にバレて、顔を合わせるたびに死ぬ気で逃《に》げないといけないことの方が問題かな。ははは」

まさかとは思うが、ひと月もそんなことを繰《く》り返《かえ》しているのだろうか？　考えると怖《こわ》いので、リリスは聞かなかったふりをすることにした。

シャックスは思い出したように手を叩く。

「おっとそうだった。風呂《ふろ》ってもう使えるかい？」

「え、ええ、使えるけど……」

「じゃ、ちょいと使わせてもらうわ。汚れは魔術で拭えるが、医者がいつまでも汗まみれでいるわけにはいかねえからな」

「あ、ちょっと待って――」

リリスが止める間もなく、シャックスは歩いていってしまった。

「これ、マズいんじゃ……」

「なんでッスか？」

「いや、だっていま、お風呂は執事殿が入ってるのよ？」

「そッスね」

キョトンとして頷くセルフィに、リリスは目眩《めまい》を覚える。

「あの人、執事殿に睨まれてるんじゃないの？」

「かもしれないッスけど、お風呂ッスよ？　ちょっと気まずいだけじゃ――」


直後、閃光《せんこう》と轟音《ごうおん》が回廊を突き抜《ぬ》けた。


『ひいいっ、なんでラーファエルの旦那がっ？』

『恐れるな。首を落とすだけだ。せめてもの慈悲《じひ》に痛みは与《あた》えぬ！』

風呂の壁《かべ》が吹き飛《と》び、シャックスが死《し》に物狂《ものぐる》いの形相で逃げていき、それを腰《こし》にタオル一枚という半裸《はんら》の執事が、聖剣を片手に追いかけていく。強面とは裏腹に温厚極《おんこうきわ》まりないラーファエルが躊躇《ちゅうちょ》なく抜剣《ばっけん》するほどの逆鱗《げきりん》に、彼は触《ふ》れていたらしい。

そんな光景を呆然《ぼうぜん》と眺《なが》め、リリスはへなっとへたり込んだ。

「お風呂……。せっかく、綺麗にしたのに……」

この城に住まうのはいずれも名のある魔術師だ。風呂のひとつやふたつ、破壊《はかい》されてもすぐに修復できる。魔術師としては駆《か》け出《だ》しという、ネフィでさえ難しいことではないだろう。

それでも、がんばって整えたミルク風呂が台無しにされたことに代わりはなかった。

「あー……。元気出すッス、リリスちゃん」

幼馴染みの慰《なぐさ》めも虚《むな》しく、リリスが立ち直るには数分のときを要した。

そして我に返った少女の心に灯《とも》ったのは、当然のことながら苛烈な怒《いか》りだった。

◇

「──というわけよ。お風呂の使い方について改善を求めるわ！」

泣《な》き腫《は》らしたあと……いや、現在進行形で涙ぐみ、目元を真《ま》っ赤《か》にしたリリスの力説にザガンは頭痛を覚えた。

オリアスとの対談中、玉座の間の音が外に漏れぬように結界を張っていたわけだが、それは外からの音も伝わらないということだった。

まさか、外でそんな騒ぎが起きているとは……。

――ラーファエルたちめ、なにをやっているんだ。

戦闘《せんとう》から家事までそつなくこなす有能な男なのだが、黒花とシャックスが絡《から》むとこの有様である。しかもこんな騒ぎはいまに始まったことではないときている。

まあ、気持ちはわからないでもない。

ラーファエルにしてみれば、いきなり現れた娘になれ慣れしい男がこっそり娘の下着を盗《ぬす》んでいたのだ。それは交際を認める認めない以前の話である。当然のこと、ラーファエルはハリネズミのように警戒して、医療行為《いりょうこうい》以外で黒花との接触《せっしょく》を禁じた。

なんとか一命を取り留めたシャックスから事情は聞いてやったが、過失だろうが故意だろうがあれはシャックスが悪い。なぜああなる前に、本人かザガンたちに相談しなかったのか。

その場に居合わせたザガンやネフィでさえ、仲裁《ちゅうさい》はしても同情はできなかった。

とはいえ、いつまでもこのままでは困るのも事実だ。

ラーファエルもシャックスも有能な上に忠実で、切り捨てるにはあまりに惜《お》しい配下だが、その皺寄《しわよ》せがリリスのように無関係なところにまで及《およ》ぶのはあまりに問題だ。

唯一《ゆいいつ》、これを丸く収められるのは渦中《かちゅう》の黒花なのだが、ひと月経っても機嫌が直る様子はない。そもそも本人も目の治療中でもめ事の仲裁どころではないのだろう。

そんなわけで、リリスからの苦情は実に真っ当なものではあった。

「まあ、事情はわかった。風呂は直しておく。それとあの馬鹿《ばか》ふたりには風呂で暴れるなと警告しておこう。……そうだな、もうひとつお前から好きに罰《ペナルティ》を与えていい。常識的な範囲《はんい》で、で頼《たの》むが」

魔術師《まじゅつし》の自分が常識と言うと大抵《たいてい》の理不尽《りふじん》は通ってしまう気はするが、リリスは魔術師ではないので、まあ大丈夫だろう。たぶん。

それに非戦闘員のリリスでは魔術師相手に文句も言いにくいだろうが、こういう形なら彼女《かのじょ》も溜飲《りゅういん》を下げられるだろうし、他の連中もおとなしく従う。

「ぺ、ペナルティって言われても……」

とはいえ、この提案は予想外だったらしく、リリスは口ごもってしまう。

こういうのは気持ちの問題だ。罰を与える権利があるというだけでも、だいぶストレスは軽くなるだろう。

――しかし、風呂ねえ……。

もちろん、湯に浸かる心地よさはザガンも認めるし、女の子にとって大層重要なものらしいことは把握《はあく》しているつもりだ。

ただ、理解はできない。

悪くはないと思っていても、ザガンにはそれがどう素晴《すば》らしいものかなど説明できないし、すぐに修復できることになぜそこまで腹を立てるのかもわからないのだ。

――でもまあ、こいつにとっては怒るくらい大事なことなんだろうしなあ。

風呂へのこだわりは理解できないが、リリスがそれを好んでいることは理解できる。なにより配下に迎《むか》え入れた以上、精神的な健康も守ってやる必要がある。それゆえ、彼女の風呂の自由を保障するのは王の責務というものだ。

そこまで考えて、リリスがまだ困ったような顔をしていることに気付く。

「どうした。なにもいま決める必要はないぞ？　ひとつだけ言うことを聞かせるなんてことでもいいし、気楽に考えろ」

「あ、いやそういうことじゃなくて……」

ザガンは首を傾げた。

「ふん。なにかあるなら、いまのうちに言ってみろ。さすがに今回のことは不憫《ふびん》には思っている。できるだけ善処してやるぞ」

「えっと、じゃあ言わせてもらうけど、ペナルティとかより、お風呂をもっと充実させてほしい……んですけど」

「風呂の充実……？」

ふむ、とザガンは頭を捻った。

実を言うとかつてこの城に風呂というものは存在しなかった。

いや、その残骸《ざんがい》くらいは残っていたのだが、水が出ることと排水《はいすい》できること、あとは膝くらいまでなら水をためられる桶《おけ》（割れていて危ない）があるくらいで、どうやらそれは一般的《いっぱんてき》には風呂と呼ばないものらしかったのだ。

それを知ったネフィの友人マニュエラが怒鳴《どな》り込んできて、ようやくいまの形に改修されたのだ。とはいえ、それでも彼女が言うには最低限のものであって、豪華《ごうか》な風呂にはほど遠いものらしいが。

――あの女、未だに苦手なんだが頼《たよ》りにはなるんだよな……。

なんだかんだで、ザガンやネフィが知らない〝普通〟というものを教えてくれるのはマニュエラやゴメリといったはた迷惑《めいわく》な連中なのだ。あのふたりは愛で力とか言いながら妙《みょう》な同盟を組んでいるようなので、できるだけ関《かか》わりたくはないのだが。

ともかく、風呂にはまだ改良の余地はあるらしいし、今回のことは労災と言えなくもない。その手当てと考えれば応《こた》えるに値《あたい》するが……。

「考えてやってもいいが、俺《おれ》は風呂の知識に明るくない。もう少し具体的に言え」

そんな風呂とも呼ばないところで十年間、不満すら覚えなかったのがザガンだ。改善というものが、どういった状態を指すのかすら見当がつかない。

そう返すと、なにやらリリスは呻《うめ》いた。

「ひうっ？　ぐ、ぐぐぐ具体的にって言われても……」

なにやら言いにくいことなのだろうか。リリスは顔を真っ赤にして、もごもごと口を動かすばかりだった。

根気よく待ってやると、やがて決心がついたようで夢魔《むま》の少女はこう言った。

「あの、みんなで入ってもくつろげるくらい、広いお風呂が欲しいの」

今度はザガンの方が予期せぬ言葉に困惑《こんわく》させられた。

確かに、現在の浴室はふたりならゆったりと入られるが、三人になると少し手狭《てぜま》に感じる程度の大きさだ。改修当時のマニュエラの言葉によると、一般家庭《いっぱんかてい》のそれよりちょっと広いくらいらしい。元が元だっただけに、それだけでも劇的な変化ではあったが。

確かにもっと広くできれば一度に大勢入られるだろう。しかし――

「広くするのはかまわんが、大勢で入るのか？　ひとりで入った方がくつろげるように思うのだが」

風呂にはこだわりのないザガンだが、入るならひとりの方が気が楽だと思う。

――バルバロスあたりと入ったら、あいつが息しなくなるまで沈《しず》めるだろうしな。

とうてい、くつろぎとは無縁《むえん》の状況《じょうきょう》である。

ひとりで使う分には、いまの浴室でも十分すぎる広さがある。ひとりしか入らないのにこれ以上拡張すると、今度は掃除《そうじ》の手間の方がデメリットになってくるだろう。

その指摘《してき》に、リリスは両手の人差し指を絡めて言いにくそうに口を開く。

「そ、それはアタシもお風呂はひとりの方が好きだけど……でも、たまには、みんなといっしょに入りたいときもある、のよ」

「そういうものか？」

「そういうものなの！」

やはりザガンにはわからないが、リリスにはそういうこだわりがあるらしい。

現在、この城に滞在する女性はネフィとフォルに、リリス、セルフィ、黒花のリュカオーン組。ゴメリもまあ性別的には含まれるし、オリアスとアルシエラという客もいる。他にも配下に数人いるが、あっちは滅多《めった》に風呂を使わないので数えなくてもいいだろう。

計八名。ちょくちょく遊びにくるネフテロスやマニュエラ、シャスティルなんかを含め始めると十人を超《こ》える。ごく希《まれ》にだが、ザガンの幼馴染みであるステラがやってくることもあるのだし。

実際のところ、リリスはセルフィと黒花の三人で入れるくらいの大きさを希望していたのだが、ザガンは城の女全員と受け取っていた。

——いまの風呂を拡張すると、部屋がふたつみっつなくなるな。庭園か離《はな》れに新しく増築することになるか。

さすがに、リリスひとりの労災手当てに充《あ》てるには、規模が大きすぎる。

リリスのことはリュカオーンとのパイプ役として優遇《ゆうぐう》してはいるが、そうなんでも許せば他の配下への示しがつかない。他の配下たちからも同じような要望が上がっているなら一考に値するが、今回の一件だけでは優遇の度合いを超えてしまう。

さて、どうしたものか。

ザガンが難しい顔をしていると、リリスもしゅんと肩《かた》を落とした。

「えっと、やっぱりダメ……？」

「ふむ……。少し難しいな。他の連中からも要望が上がってくれば話も違うが」

言いかけて、ふと疑問を抱く。

「いや待て。そういえばリュカオーンは、風呂の文化が進んでいるような話を聞いたことがあるな。実際のところ、どうなのだ？」

前にザガンがリュカオーンに滞在したときは、暗い海の底の都市アトラスティアだったため良《い》いも悪いもなかった。そちらの風呂がよほど快適なら、改修の理由にはなる。

リリスは赤い唇《くちびる》に指を当てて考える。

「どうと言われても……でも、そうね。ここのお風呂を基準に考えると、確かに進んでいるのかしら？」

「ほう？　たとえばどんなものがあるのだ」

「まあ、まずはやっぱり温泉よね。ガスや地熱なんかで湧《わ》く天然のお湯にはいろんな効能があるのよ」

湯に種類があるということだろうか？　湯の湧き方という初めて耳にする知識にザガンも興味を抱いた。

——名前自体は聞き覚えがあるが。

温泉という単語自体は、先日新婚旅行（仮）で聖都ラジエルを観光したときに耳にした覚えがある。大陸でもあるところにはあるのだろうが、実際にどういうものなのかは知らなかった。

「魔術《まじゅつ》で温めるのでは駄目《だめ》なのか？」

「それじゃ普通《ふつう》のお風呂と変わらないでしょ。うーん、アタシも細かい理屈《りくつ》まではわからないけど、地中で温められるから土中の成分とかがしみ出して薬効になるらしいのよ」

「……？　スープの出汁《だし》のようなものか？」

「身も蓋《ふた》もないこと言わないでよ、王さま」

しかし言われてみれば頷ける話だ。

魔術でもホムンクルスやキメラのような生体を扱《あつか》うときは組織が崩れないよう、保存液に浸けておくし、長期的な治療が必要なダメージや呪《のろ》いを受けた場合もやはり治療液で満たした容器の中で冬眠《とうみん》する。

湯に浸かるというのは、思いの外《ほか》重要なことだったのかもしれない。

「なるほど、少し興味が湧いた。確かにキュアノエイデスではそういった風呂……いや、温泉だったかは、見たことがないな」

ザガンが素直に関心を示すと、リリスは気を良くしたように上機嫌《じょうきげん》になる。

「他にはサウナなんていうのも定番だったわ」

「サウナ……？　なんだそれは」

これは温泉とは違い、聞き覚えがない。

リリスは自慢《じまん》げに平たい胸を張った。

「石炭や蒸気で高温にした部屋のことよ。えぇっと九十度くらいだったかしら？」

「おい、リュカオーンの生物は平気なのかもしれんが、この大陸の生き物はそんな高温の中では生きていられんぞ」

娘《むすめ》のフォルは竜《りゅう》なのである程度大丈夫かもしれないが、やはり親としては心配である。

そういえば、リュカオーンには溶岩《ようがん》を垂れ流す火山という山が無数にあるという伝承がある。作り話だと思っていたが、連中はそんな環境の中で暮らしているのだろうか。

あるいはそうした環境で常日頃《つねひごろ》から修練を積んでいるから、黒花のような達人が生まれるのかもしれない。

にわかに戦慄《せんりつ》していると、リリスは顔を赤くして怒鳴る。

「違うわよ！　アタシたちをどんな野蛮人《やばんじん》だと思ってるの？」

「アルシエラみたいな化け物が平然と歩いている国だ。住民が火噴き竜《サラマンデル》のような生活をしていようが驚《おどろ》くに値せん」

「う、それは……」

アルシエラの名を出されるとリリスも否定できないようだ。言葉を詰まらせる。

「そうじゃなくて、九十度といっても部屋の中だけだし、そんな長時間入るわけじゃないから。なんていうか、お風呂に入ったあとそこで汗をかくとすごく気分がいいのよ？　それでそのあとは火照《ほて》った体を水風呂《みずぶろ》で冷やすの」

その光景を思い返して、リリスは両手で頬《ほお》をはさみ、恍惚《こうこつ》と顔を緩《ゆる》ませていた。

「わからんな。風呂に入ったあとにわざわざ汗をかくのか？」

「もう、王さまも一度入ってみればわかるわよ？」

まあ、入ったことがないからわからないというのは事実かもしれない。

サウナのよさがザガンに伝わらなかったことで、リリスは向きになって言いつのる。

「ほ、他にもすごいのがたくさんあるのよ？　足下《あしもと》から泡《あわ》が出てくるお風呂とか！」

「足下？　泡風呂ならわかるが、あれとは違うのか？」

「ええっと、石鹸《せっけん》の泡の泡風呂じゃなくて、こう空気の泡がたくさん出てくるのよ。マッサージされてるみたいで気持ちいいのよ」

「ふうん。どういいのかはわからんが、泡を出す仕組み自体はやりようがありそうだな」

風の魔術で直接空気を生み出す方法もあるし、サウナとやらを造るならその蒸気を利用して、空気の混じった湯を足下から出してやるという方法も考えられる。どちらもそう難しくはないだろう。

リリスは一瞬《いっしゅん》だけ喜ぶように両手を握《にぎ》るが、すぐに複雑そうな笑《え》みを浮《う》かべる。造れるのは嬉《うれ》しいが、よさが伝わらないのはやはり悔《くや》しいといったところだろうか。

呻きながらも、リリスは負けじと続ける。

「あとはやっぱり、露天風呂《ろてんぶろ》よ！　自然や星空を見ながら入る温泉はとにかく最高なんだから。アタシなんて半日ぶっ通しで入ってたこともあるわよ。……そのあとのぼせて動けなくなったけど」

「おい待て。露天って、外から丸見えじゃないのか？」

ザガンは男だからいいが、城の風呂ならネフィだって入るのだ。そんな破廉恥《はれんち》な風呂を造るわけにはいかない。リュカオーンの人間には羞恥心《しゅうちしん》という概念はないのか？

唖然《あぜん》としていると、リリスは顔を真っ赤にして否定する。

「そんな外から見えるようなとこに造るわけないでしょっ？　高いところとか塀《へい》で囲むとかしてあるわよ」

「ああ、なるほど。そうだよな」

安心して頷くが、やはりそれ以上の関心を抱くことはできなかった。ザガンにはわからない話ではあるが、これだけ熱心に語れるのだからリリスにとっては価値のあるものなのだろう。それがわかれば十分である。

「うぅ……。ほとんどお風呂のよさが伝わらなかった。なんで？　アタシに語彙力《ごいりょく》が足りないから？　家族旅行でも定番なのに……」

　リリスはすっかりしょげてしまったように肩を落とす。

　だが、何気ない言葉の中に聞き捨てならない言葉があった。

「……おい貴様、いまなんと言った？」

　思わず剣呑《けんのん》な声になってしまい、リリスが跳《と》び上《あ》がる。

「ひえっ、ア、アタシ変なこと言った？」

「いいから、いまの言葉をもう一度言ってみろ」

「え、ええ？　あの、アタシに語彙力がないから、お風呂のよさが伝わらないって……」

「違う。そのあとだ」

「そ、そのあと？　ええっと、家族旅行とかでも、定番って……」

「それだ！」

「ぴいっ？」

　ザガンが思わず立ち上がり、リリスは戦《おのの》いて尻餅《しりもち》をつく。

　あわあわと涙目になるリリスをよそに、ザガンがビシッと少女を指さす。

「確認《かくにん》するが、その広い風呂とやらは家族で入るようなものなのだな？　入ったやつは喜ぶのだな？」

「え、う、うん。嬉しいものだと、思うわ」

リリスがコクコクと頷《うなず》いて、ザガンは奇妙《きみよう》な感動すら覚えた。

——ふん。〈魔王〉の俺が言うのもなんだが、これが天啓《てんけい》というものかもしれんな。

ザガンがリリスを配下に加えたのは、この日のためだったのかもしれない。

マントを翻《ひるがえ》し、ザガンはリリスの前に降りていく。

「でかしたぞリリスよ。これより、我《わ》が城に大浴場を造る！」

これならばネフィとオリアスがのんびりくつろいで話ができるし、親孝行にもなる。なにより、ザガンがネフィを独占《どくせん》する時間を削《けず》らずにすむ。ついでにリリスへの労災にもなるし、いいこと尽くめである。

むしろなぜいままで風呂に関心を抱《いだ》かなかったのか、これまでの自分をどやしつけたいくらいだ。

ただ、とザガンは腕《うで》を組む。

「しかし、風呂か。風呂に詳《くわ》しい魔術師などいたかな」

「え、いや別に魔術師でなくても……」

「馬鹿を言うな。俺は魔術師だぞ？　なら魔術を以《もっ》て造らずしてなんとする」

　ネフィが愛用している魔道書《まどうしょ》の著者に、《潔癖《けっぺき》》のカオー・ライネンという魔術師がいる。炊事《すいじ》洗濯《せんたく》に於《お》いて画期的な魔術を確立した男で、風呂用の液体石鹸なども開発しているのだが、風呂自体の開発には手を出していなかった。

　料理や炊事洗濯に卓越《たくえつ》した魔術師がいるのだから、風呂専門の魔術師もいないはずはないのだが、手持ちの知識に該当《がいとう》のものはなかった。魔術師なら魔道書の一冊くらいは残しているはずなのだが。

　魔道書というものはこれでなかなか入手が難しい。

　探せばいずれ見つかるとは思うが、年単位でかかることもあるくらいなのだ。そんなにネフィとオリアスを待たせるわけにはいかない。

　そうなると、配下の中に風呂の知識がある魔術師がいることを期待するくらいしかないのだが、果たしてそんな都合よくいるだろうか。

　ザガンが呻いていると、呆《ほう》けていたリリスが思い出したように呟《つぶや》いた。

「あ、お風呂のことなら、御方《おかた》が詳しかったような……」

「本当か！　今日の貴様は冴《さ》えているではないか。褒めて使わすぞ」

「わ、わーい……って、いいのかしら？　ここ、〈魔王〉の城よね？」

　反射的に喜びはしたが、リリスは深い困惑に包まれていた。

こうして、懐《なつ》かしい夢の中にいたアルシエラは風呂を造るという理由でたたき起こされたのだった。

◇

「なんだか、外が騒《さわ》がしくありませんか？」

ザガン城客室。治療中《ちりようちゆう》の黒花にあてがわれた部屋に、ふたりの少女の姿があった。お互《たが》い向かい合って小さな椅子《いす》に腰をかけている。

疑問の声を上げたのは黒花だ。

猫《ねこ》と同じ三角の耳をヒクヒクと震《ふる》わせ、頭の横にあるヒトと同じ耳にほっそりとした手を添《そ》え、怪訝《けげん》そうに眉《まゆ》を顰《ひそ》めている。東方の島国リュカオーン出身の猫妖精《ケット・シー》なのだが、小《こ》柄《がら》な体躯《たいく》といい、つややかな黒髪《くろかみ》といい、大陸では珍《めずら》しくも愛らしい容姿をしている。

以前はリュカオーンの民族衣装を身に着けていたのだが、ここ最近はアルシエラと同じようなドレス姿だ。なんでもザガンからの指示らしい。

かつて光を失った赤い瞳《ひとみ》は、いまは不思議そうに周囲をキョロキョロと見回していた。

そんな様子に、ネフィはつい表情を緩めてしまう。

こちらは純白の髪《かみ》に抜けるような白い肌《はだ》、瞳の色は紺碧《こんぺき》で、黒花とはなかなか正反対の特徴《とくちょう》を持っている。今日も侍女服《メイドふく》に身を包み、リボンで飾《かざ》った無骨な首輪を嵌《は》めている。ツンと尖《とが》った耳は、黒花の言う音を探すようにゆれていた。

——本当に、順調に回復してよかったです。

黒花の目の治療には魔法《まほう》という手段を用いた。大きな力ではあるが、不安定で予期せぬことを引き起こす力だ。

視力自体はその日のうちにネフィよりもよく見えるほどに回復したのだが、彼女の傷は視神経という脳の部分にまで及んでいた。

記憶《きおく》や他の機能に副作用が出ないか、慎重《しんちょう》に容態を観察する必要があるのだった。

そんなこともあって早一か月。診察が主目的とはいえ、ひと月も顔を合わせていれば打ち解けもする。いまでは黒花もネフィと世間話、色恋《いろこい》や服装についておしゃべりするくらいには、親しくなっていた。

お互い、同族殺しと暗殺者という、罪を背負った身というのも親近感を抱いた理由かもしれない。

桃色《ももいろ》の唇に指を当て、ネフィは小首を傾《かし》げる。

「わたしには聞こえませんでしたが、さっきの爆発《ばくはつ》のような音ですか？」

一刻ほど前、いつも通り黒花の検診《けんしん》でネフィがこの部屋を訪《おとず》れると、外からすさまじい破壊音が聞こえたのだ。ラーファエルの怒声《どせい》とシャックスの悲鳴が聞こえたことで、毎度の騒ぎだとわかったが。

その続きかと問いかけると、黒花は首を横に振《ふ》る。

「ええっと、違うと思います。足音ですね。何人かが急いで歩いてるみたいです。とはいっても、トラブルがあったような感じでもないんですが」

よどみなく答える黒花に、ネフィは思わず感嘆《かんたん》の吐息《といき》をもらした。

「すごいですね。エルフも耳のよい種族だと言われてますけど、わたしにはとてもそこまではわかりません」

素直に感心すると、黒花はまた首を横に振る。

「ネフィさまの場合は、別のものを聞くことに特化しているんじゃないでしょうか？　前に会った普通のエルフは風の音とか敏感《びんかん》に聞き分ける方でしたが、精霊《せいれい》の声なんて聞こえていないようでしたし」

ネフィはエルフの中でも、魔法と神霊魔法《しんれいまほう》を操《あやつ》る上位種《ハイエルフ》だ。

日常的に精霊——自然の声と言った方がわかりやすいだろうか——を聞き、語りかけることで魔術とは異なる奇跡《きせき》を起こす。

正直、同族というか普通のエルフにはよい感情を抱けないネフィは複雑な笑みを返す。

「普通のエルフの方にできることなら、やっぱりわたしにもできていないと恥《は》ずかしいですよ」

「あ、いえ。逆なんじゃないかと」

「どういう意味ですか？」

よくわからなくてネフィが首を傾げると、黒花は考えながら言う。

「ええっと、あたしもいまは耳が敏感ですけど、昔はちっともそんなことなかったんです。こんなふうに聞こえるようになったのは目が見えなくなってからで」

「そうだったんですか」

「はい。だからいまのエルフたちも、ネフィさまが持っているような力が失われたから、代わりに聴覚《ちょうかく》が研《と》ぎ澄《す》まされていったんじゃないでしょうか」

そしてエルフの聴覚は鋭《するど》いという特徴の方が浸透《しんとう》してしまった、ということらしい。

そんなふうに励《はげ》ましてくれる黒花の気遣《きづか》いが嬉しくて、ネフィも微笑《ほほえ》み返す。

「ありがとうございます、黒花さん。そう言ってもらえると、なんだか少し気が楽になります」

「いえ、そんなことは……。ネフィさまにはよくしていただいてますし」

「でも、わたしのことはネフィでいいですよ？　黒花さんはラーファエルさんの娘さんなんですから、ここでは家族同然です」

少なくともネフィはそう考えているし、ザガンだってそう思っているはずだ。他《ほか》にはフォルも親近感を抱いているようで、よくこの部屋にも遊びに来ている。

そう言うと、黒花はなにやら顔を赤くした。

「あう、その、あたしにとってネフィさまは目標というか、憧《あこが》れのようなものなので」

「え、憧れ？　わたしなんかが、ですか？」

まさか自分のなにに憧れるようなところがあるというのか。

それはザガンやフォル、周りの人々に愛してもらっていることは自覚している。だが自分は魔術師としては駆け出しで、神霊魔法の勉強も妹のネフテロスにすっかり追い抜かれている有様だ。

憧れてもらうような、秀《ひい》でたところはなにもないと思うのだが。

キョトンとしていると、黒花は両手の人差し指を絡めてもじもじと呟く。

「だ、だってネフィさまは健気《けなげ》ですし、可愛《かわい》いですし、肌も白いし仕草ひとつとってもこれでもかってくらい女の子らしいじゃないですか」

「ひうっ？　お、女の子らしいっ、ですか？」

予期せぬ言葉にネフィはあわあわと狼狽《うろた》える。それを見て、黒花はやるせないようなため息をもらす。

「そういうところですよ、本当にもう……」

「そ、そんなこと言うなら、黒花さんだってものすごく綺麗《きれい》で、女の子らしいじゃないですか！」

果敢《かかん》に言い返すと、黒花は物憂《ものう》げに首を横に振った。

「そうだったら、よかったんですけど。……あたし、女とすら思われてないみたいで」

それが誰《だれ》のことか瞬時《しゅんじ》に理解してしまい、ネフィは耳の先を強張《こわば》らせた。

「ええと、シャックスさまが、またなにか？」

ぼんっと黒花の頬が赤く染まるが、本人はそれを隠《かく》しているつもりのようで素っ気なく頷く。

「……なんというか、こっちは使用済みの下着まで見られたというか、触《さわ》られたのに『そういう興味は微塵《みじん》もない』とか『魔術師としての研究以上の意味はない』とかって、それはさすがにないんじゃないかなって」

「嗚呼《ああ》……」

胸が痛くなる悲痛な話に、ネフィも顔を覆《おお》った。

――シャックスさま、照《て》れ隠《かく》しでもそれはあんまりだと思います。

もしも自分がザガンにそんなことを言われたら――彼《かれ》に限ってあり得ないことだとは断言できるが――ちょっと立ち直れないだろう。彼ならとにかく取り乱したあとで「返すつもりだった」とか……いや、違《ちが》う。きっとこうだ。

『悪いとは思っているが、反省はしていない』

そしてそのあとなんでそんなことを言ったのかと、また悶絶《もんぜつ》するのだ。うん。

妄想《もうそう》はさておき、シャックスである。

まあ、そうでも言わなければラーファエルに斬《き》り殺《ころ》されていたというのはわかるが、それならせめてきちんと釈明《しゃくめい》するべきだろう。

さすがに聞いていられなくなって、ネフィは黒花をそっと抱《だ》きしめた。

「ふえっ？」

「大丈夫《だいじょうぶ》です。黒花さんはちゃんと魅力的《みりょくてき》な女の子ですから。あなたのもちもちしたお肌とか、この綺麗な黒髪とか、わたしだって羨《うらや》ましく思ってるんですよ？」

「うぅ、ネフィさまぁ……」

ほどなくして、黒花も落ち着いたらしい。ぐすっと鼻を鳴らしながらもネフィから体を離した。

「すみません、取り乱しました」

「いえ、心中お察しします」

まあ、シャックスもまったく意識していないわけではないと思うのだ。むしろ誰よりも大切に想《おも》っているような節すらある。

――でも、根本的に鈍感《どんかん》過ぎます……。

そのあたり、ザガンは言動こそ不器用ではあったが、本当によくネフィのことを見ていてくれたのだと思う。

「でも、少しだけ元気をいただきました。次は、ネフィさまを見習ってがんばってみます」

「はい！　その意気ですよ、黒花さん」

なんとか黒花が元気になってくれたのを見届けて、ネフィは立ち上がる。

「では、今日の診察《しんさつ》はこれで終わりにしましょうか。気になることや違和感《いわかん》があったら、些細《ささい》なことでもちゃんとおっしゃってくださいね」

「はい。大丈夫です。……あ、でも」

「どうしました？」

術後の経過は大丈夫だと思ったころが一番危ないのだと、シャックスが言っていた。

ネフィが身を強張らせると、黒花はなにやら言いにくそうに口を開く。

「その、もうひと月もここでお世話になっています。それに、ずっと部屋にいると体が鈍《にぶ》ってしまうというのもありますし……」

外を歩き回るくらいは問題ないと思うのだが、シャックスが心配して絶対安静を言いつけてしまったのだ。

──そこまで気遣えるなら、もっと別のことにも気を回してあげてください。

そんなネフィの嘆《なげ》きを知ってか知らずか、黒花は続ける。

「目は見えているんですから、いろいろできることはあると思うんです。なにか、お手伝いできる仕事はないでしょうか?」

「お仕事、ですか?」

「はい。とはいってもあまり大したことはできませんが、やったことがないことは覚えます。ですから、なにかさせていただきたいんです」

ネフィは思わず嘆息《たんそく》した。

──こんなに健気なのに……。

好いた惚《ほ》れたは人の自由だとは思うが、これで女の子として見てもらえないのはさすがにどうかと思う。

　ここでは黒花は患者《かんじゃ》であり、客人だ。それを働かせるのは道理に反するが、彼女を家族と呼んだのはネフィだ。

　それに、恩を返したいと思ってるのに相手がなにも要求してくれないときのもどかしさというものは、ネフィには痛いほどよくわかる。

　ネフィは黒花の手を握って頷いた。

「わかりました。どこか手が足りないところがないか、ザガンさまとラーファエルさんに聞いてみます」

「ありがとうございます、ネフィさま」

　そう言ってから、黒花はどこか恥ずかしそうにこう言い直した。

「よろしくお願いします、ネフィさん」

　その言葉に虚《きょ》を突《つ》かれ、ネフィは大きく瞬《まばた》きをした。それから、柔《やわ》らかく笑い返す。

「はい。がんばりましょう、黒花さん」

　と、そこで部屋の扉《とびら》が叩《たた》かれる。

「はい、どうぞ」

　黒花が返事をすると、入ってきたのはフォルだった。

「ネフィ、黒花。すごいの」

「どうしました?」

「ザガンが大きいお風呂《ふろ》造るって」

「「お風呂?」」

ネフィと黒花は顔を見合わせた。

なぜこのタイミングなのかはわからないが、ザガンがするのだからきっと悪いことにはならないだろう。

ふたりの少女はどちらからともなく苦笑《くしょう》するのだった。

第二章 ✡ 愛で力とは、美を見いだし愛でることにある

「はー、もう死にたいよー」

どこまでも無気力な声で呻いたのは、少年とも少女ともつかぬ姿の〈魔王《まおう》〉――ビフロンスだった。

ザガン城と同じような玉座で、背もたれに足をかけてひっくり返り……というより寝《ね》っ転《ころ》がっている。いかにこの魔術師《まじゅつし》が常識外れの行動を好むとはいえ、ちょっと〈魔王〉がやっていい格好ではない。

格好といえば洗濯《せんたく》していないシャツはすっかりよれ、手入れを放棄《ほうき》した髪の毛はボサボサ、マントもローブもしわくちゃで、かつての配下ネフテロスが見たら卒倒《そっとう》しかねないありさまである。

仮にもザガンを苦しめた〈魔王〉が、なぜこんなことになっているのかというと……。

『ビフロンス、それ、〈アザゼルの杖《つえ》〉、違う』

聖騎士《せいきし》の宝物庫を襲《おそ》い、その場に集《つど》う十二人の聖騎士長と三人の〈魔王〉を出し抜《ぬ》き、華麗《かれい》に魔法銀《ミスリル》の杖をぶんどって凱旋《がいせん》してみれば、盟友シアカーンからの答えがそれだった。

ザガンのしてやられたという驚愕顔《きょうがくがお》、動こうとしないオリアス、中立派とのたまうがゆえに気付いていてもなにもできなかったアンドレアルフス。心躍《おど》る〈魔王〉たちの策動を制したと思ったら、その実自分が一番間抜《まぬ》けだったという恥辱《ちじょく》。

「ああああああああああああああああああっ」

頭をぐしゃぐしゃとかきむしり、〈魔王〉は悶《もだ》えた。

なにが辛《つら》いって、あの恐《おそ》ろしい《虎《とら》の王》が、なんとも気まずそうに視線を逸《そ》らしながら『ちゃんと概要《がいよう》を摑《つか》めなかった自分にも落ち度がある』とか慰《なぐさ》めてきたことだ。

――おいやめろそんな可哀想《かわいそう》なものを見るような目で僕《ぼく》を見るな！

同情はときとして人を傷つけるものである。

ビフロンスはそんな人の醜《みにく》さが大好きだが、自分がその立場になると本当に辛い。

……いや、やっぱりこれはビフロンスが好む醜さや惨《みじ》めさとはなんか違う。

ネフテロスの奪取《だっしゅ》に失敗してザガンに誓約《せいやく》の魔術を埋《う》め込まれたときは、それはもう惨めで悔しい思いをした。

だが、初めて味わうその惨めさというものを存分に楽しめたのも、また事実なのだ。なぜならそれこそビフロンスが好む美醜《びしゅう》そのもので、それを自分が味わうともなれば甘露《かんろ》な美酒のごとき陶酔《とうすい》さえ覚えた。

あのときのことを思い出すと、次こそ絶望した顔を見てやりたいと思う一方で、次もまた自分を打ち負かしてくれるのかと期待に身が震える。〈魔王〉のビフロンスと対等に駆《か》け引《ひ》きができるのは同じ〈魔王〉だけで、特にザガンは傲慢《ごうまん》で容赦《ようしゃ》がなくて、本当にいい。

魔術の探求はかくも甘美《かんび》で崇高《すうこう》な理念ではあるが、魔術師とて生きているのだ。人生は楽しんでこそ意味がある。

人が陥《おとし》いれられ、もがき苦しむ姿は醜く汚《きたな》らしく、そして美しい。ビフロンスはそんな人間たちが大好きで、自分がそうするのもされるのもやぶさかではない。苦しみ足掻《あが》く人間は尊いし、そんな人間が自分の思惑《おもわく》を超える瞬間《しゅんかん》には感動すら覚える。

なのだけど、気の毒そうに慰められるというのは、これは違うのだ。こういう屈辱《くつじょく》や優《やさ》しさは望んでいないのだ。

無能と罵《ののし》るとか失望するとか軽蔑《けいべつ》するとか、〈魔王〉ならもっと心を抉《えぐ》るような残酷《ざんこく》なことを言えるだろう。ザガンと初めて絡《から》んだときには頭を吹《ふ》き飛《と》ばされもしたというのに、なんで『これは仕方ないよ誰も箒《ほうき》とか思わないし』みたいに優しくするのだ。

魔術師、こと〈魔王〉の中でもさらにねじくれた性格と性癖《せいへき》を持つビフロンスゆえ、普通の優しさというものは蕁麻疹《じんましん》が出るくらい苦手なのだった。まあ、さすがに魔術で押《お》さえ込んではいるが。

まあ、ある意味ビフロンスの心をズタズタにしてくれたわけではあるが、これは自分の期待していたものとは違う。

「……はー、ホント死にたい」

そしてこんな無気力になっているのだった。

ネフテロスが隣《となり》にいればこんな愚痴《ぐち》も適当に聞き流して叱《しか》りつけてくれただろうに、あの人形はザガンに取り上げられてしまった。

——ザガンのやつ、ここまで見越《みこ》してネフテロスを生かしたままぶんどったのかい？　だとしたら恐るべき策士だ。そんな恐ろしい〈魔王〉と〈アザゼル〉を巡《めぐ》って出し抜き合いをしているのだと考えると、恐怖《きょうふ》で背中がゾクゾクする。この時間が永遠に続けばいいのにとさえ思う。

「はー……。でもやっぱり辛いから無理」

この精神状態が続くと、ビフロンスはヒトとしての自分の体を維持《いじ》できなくなる。

〈アザゼルの杖〉の一件は自分の自爆《じばく》だが、間接的にザガンはいまビフロンスを苦しめているのだった。本当に嫌《いや》な男だ。だがそこがいいとも言えるので、もどかしい。

そうして、かれこれひと月もこんな怠惰《たいだ》な姿をさらけ出しているのだが……。

「ビフ、ロンス……」

カラカラと、車椅子《くるまいす》の車輪の音と共にそんな声がかけられた。

手を使わずとも魔力《まりょく》で動く車椅子。〈魔王《ナベリウス》〉の紋章《もんしょう》が刻まれた魔道具である。そこに痩《や》せ細《ほそ》った体を押し込めるのは、白い体毛の虎獣人《とらじゅうじん》だ。かつては〈魔王〉屈指《くっし》の武闘派《ぶとうは》とまで呼ばれ、筋骨隆々《きんこつりゅうりゅう》だった《虎の王》の、哀《あわ》れななれの果てである。

フードの下からヒュウヒュウと掠《かす》れた吐息をもらす〈魔王〉に、ビフロンスは無垢《むく》そのものの笑顔《えがお》を返す。無論、玉座でひっくり返ったまま。

「やあ、親愛なる盟友シアカーン。こんな格好ですまないね」

「あ、うむ。大丈夫、か……？」

立ち直れないビフロンスを気遣うような眼差《まなざ》しが、またしても〈魔王〉の心を傷つける。

まあ、魔術師の頂点たる〈魔王〉の一角が、駄々《だだ》っ子《こ》が暴れ疲《つか》れたような格好で虚無《きょむ》に陥《おちい》っているのだ。普通に接しにくいのも無理はないのだが。

とはいえ、いつまでもこうやって醜態《しゅうたい》を晒《さら》していても面白《おもしろ》いことは起きない。

ビフロンスはよっと声を上げて身を起こすと、今度は背もたれの上に腰《こし》を下ろす。恐らく正しく座ると精神が壊《こわ》れる奇病《きびょう》でも患《わずら》っているのだ。

「さて、こんな僕に声をかけにきたということは、なにか新しい計画でも思いついたのかい？」

アルシエラ、黒花の両名、そして〈アザゼルの杖〉奪取の失敗。それだけ続くと、かの《虎の王》も手詰《てづ》まりとなったらしい。ビフロンスが無気力に過ごした一か月の間、彼も動きを見せなかったのだ。

シアカーンは窮屈《きゅうくつ》そうに頷く。

「配下の、修復が、完了《かんりょう》、した」

「ああ、そっちか」

見ての通り、いまのシアカーンはひとりで立ち上がることもできない体だ。そんな彼を補助するためにデクスィアとアリステラという、ふたりの配下がいるのだが宝物庫の一件でずいぶん痛めつけられてしまった。

シアカーンがなにをしていたのかと思えば、その修復にかかりきりだったようだ。

ビフロンスは肩《かた》を竦《すく》める。

「使い魔の修理くらい、僕に言ってくれればやってあげたのに。まあ、話を聞いていたかわからないのは認めるけどね」

「……いや、あれは、特別、だ」

「ひひひっ、そうだね。ずいぶん変わった造り方をしてるみたいだったね」

宝物庫で、デクスィアとアリステラのふたりを脱出《だっしゅつ》させたのはビフロンスである。

当然ながら、彼女《かのじょ》たちから得られる情報は一方的に抜き取っている。彼女たちはなにもしゃべらなかったが、表情や体からでも情報というものはもたらされるのだ。

――まあ、それが僕へのお願いの見返りだったんだろうからね。

未《いま》だにシアカーンは、ビフロンスにかけられた魔術を解いてくれない。もちろん、魔術を解けばビフロンスはいつ裏切るかわからないのだ。それは迂闊《うかつ》に応《こた》えるわけにはいかないだろうが、それで同盟関係を続けるには代わりの見返りというものが必要だ。

結果的に、ビフロンスは想定を超《こ》える報酬《ほうしゅう》を手にすることができた。

――あれなら、僕の目的も果たせるかもしれない。

だからいまもこうしてシアカーンには友好的に接しているし、これからも協力せざるを得なくなった。

果たしていま、この同盟の手綱《たづな》を引いているのはどちらだろう？　恐らく、自分ではない。〈魔王〉であるビフロンスが他者に支配されているという事実は実に不快で、久しく忘れていた恐怖さえ感じられる。

であれば、いかにして手綱を奪《うば》い返《かえ》すか。

——本当に、楽しいなあ。

さすがは最年長の〈魔王〉のひとりというべきか、ザガンとは違った駆け引きを楽しませてくれる。

とはいえ、知られすぎたというのも事実なのだろう。シアカーンはじっと黙《だま》り込む。

「そんなに警戒《けいかい》しないでおくれよ。味方の持ち物に手を出すほど、僕も恥知《はじし》らずじゃないからさ。あははは！」

「……」

《虎の王》はビフロンスの真意を探《さぐ》るように沈黙《ちんもく》するが、やがて諦《あきら》めたように口を開く。

「現状、で、アルシエラや、希少種を狙《ねら》うのは、難しい」

「まあ、そうだろうね。ザガンはあれで抜け目ない。オリアス嫗《おうな》も向こうについたみたいだし、下手に動いても手痛いしっぺ返しを喰《く》らうだけだろう」

他にはウォルフォレも〈魔王〉に比肩《ひけん》する戦力であると評価しているし、キメリエスやゴメリといった腹心も、ザガンが使うなら侮《あなど》れない。さらにはラーファエルや〈アザゼル〉といった聖剣持《せいけんも》ちまでいるのだ。

数こそ少ないものの、力の抜きん出た個体がいくつもある。ザガンはいまや勢力としても〈魔王〉の中で一、二を争うほどだと言えよう。

動けば居所がバレるし、ビフロンスの隠《かく》れ家《が》も無限にあるわけではない。なにより、ひとりで動くこともできないシアカーンを連れて逃走《とうそう》するのは、なかなか骨が折れるのだ。

もちろん、シアカーンもそんなことはわかっているだろう。

「〈アザゼルの杖〉の、偽物《にせもの》だが、魔法銀《ミスリル》だった」

「あ、うん。そうだね」

責めるつもりはないんだけど、みたいな口ぶりにまた〈魔王〉の心が抉られる。

ミスリルの製法はすでに失われた技術だ。〈魔王〉でも精製が難しく、すでにあるものを再加工するくらいしか得る術《すべ》がない。

——まあ、ひとりもいないわけじゃないんだけどねえ。

できれば、あの〈魔王〉は敵に回したくない。ビフロンスでさえそう思うくらい、厄介《やっかい》な相手というか面倒臭《めんどうくさ》い相手なのだ。

シアカーンは続ける。

「あの量の、ミスリルがあれば、希少種の、代わりを、作れる、かもしれない」

「へえ？」

ミスリルは純度の高い魔力の結晶《けっしょう》のようなものだ。多くの場合は魔力を増幅《ぞうふく》する装置や武具として使うが、人造人間《ホムンクルス》や人造生命《ゴーレム》の核《かく》として組み込むことも可能だ。

――コストが高すぎるからね。実際にやるような魔術師は僕くらいだと思ってた。

ビフロンスはまるで面白いおもちゃを与《あた》えられたように笑う。

「それは面白い。で？　僕にそれを言うってことは、まだなにか足りないんだろう？」

お互い〈魔王〉の名を冠《かん》する魔術師なのだ。用意が足りているならひと言「やれ」といえば自分の役割も、なにをするつもりなのかも知れる。それを悠長《ゆうちょう》に説明しているということは、そういうことである。

いまのビフロンスはシアカーンの要求を断ることができない。となれば、果たしてどれほどの無理難題をふっかけてくるのか。

それは並みの魔術師なら迷わず自害を選ぶだろう窮地《きゅうち》であるが、ビフロンスは友人からの贈《おく》り物《もの》を開く瞬間のように心を躍らせる。

恐ろしいことに、シアカーンは次の言葉を紡《つむ》ぐ前に、小さく呼吸を整えた。

《虎の王》が気を落ち着けなければ口にできない、その要求は――

「……〈魔王の刻印〉が、もうひとつ、ほしい」

ビフロンスは一瞬《いっしゅん》、なにを言われたのか理解できなかった。

それから、恐る恐る確かめるように問い返す。

「そいつはもしかして、僕とキミの他にもうひとつ、ということかい？」

「そう、だ」

当然のように頷くシアカーンに、ビフロンスは絶句した。

〈魔王の刻印〉を貸してくれと言って貸してくれる〈魔王〉はいない。シアカーンの計画をべらべらしゃべるわけにもいかない。となると、奪い取ってくる外《ほか》ない。

つまるところ《虎の王》は、誰か適当な〈魔王〉を殺してこいと言っているのだった。

そんな悪夢のような要求に、ビフロンスは――

「――ぷっ、あっはははははははははははははっはははっ！」

目に涙《なみだ》まで浮《う》かべて大爆笑《だいばくしょう》した。

「ひははははっ、もうひとつほしいって、おもちゃをねだるみたいに言っちゃうかなあ。ひひひひはは――あ痛っ！」

笑い転げて、背もたれの上から落下した。

「ひい、ひい、はー、おもしろかった。さすがは《虎の王》。ユーモアのセンスもそんじょそこらのやつとは違うね」

「真面目《まじめ》な、話だが」

苦々しい声をもらすシアカーンに、ビフロンスは頷く。

「ふふふ、わかっているよ。だから面白いんじゃないか」

それから、今度は玉座の肘載《ひじの》せに腰をかける。

「そういえば〈魔王〉の中にひとりだけ、いらないやつがいたね」

なにも〈魔王〉の全員がザガンのように野心的で行動的なわけではない。自分の城に閉じこもり、他者との関《かか》わりを絶っている者もいる。

——たとえば、オリアス媼みたいな、ね。

まあ、閉じこもっている者ほど馬鹿《ばか》げた力を隠し持っているもので、迂闊に突くととんでもない反撃《はんげき》を受けることになるのだが、ビフロンスはそれも素晴《すば》らしく面白い娯楽《ごらく》だと考えている。

十三人の〈魔王〉たちは、そんななにをするかわからないびっくり箱のようなものだ。

醜悪極《しゅうあくきわ》まりない性根《しょうね》のビフロンスが、尊敬してやまない怪物《かいぶつ》たちだ。

なのだが、ひとりだけそんな面白みのない、つまらない〈魔王〉がいるではないか。

ビフロンスは満足そうに頷《うなず》き返した。

「いいだろう、我《わ》が友《とも》シアカーン。他ならぬキミの頼《たの》みだ。〈刻印〉は僕の方でなんとかしようじゃないか」

「ずいぶんと、軽く、言うの、だな」

まるで教師から花丸をもらいたい子供のように、ビフロンスはよい子の笑みを浮かべた。

「まあ、こういうのはあまり趣味《しゅみ》じゃないんだけど、必要ならね？　その代わりと言っちゃなんだけど、キミの使い魔を貸してもらってもいいかな」

デクスィアとアリステラ。シアカーンの特別製の使い魔。本人たちは無自覚だが、ビフロンスにとっては宝石箱のような少女たちである。

――まあ、いまのままじゃ使い物にならないけどね。

少しスパイスを加えてやれば面白いことが起きる。

あるいは、それはビフロンスやシアカーン、ザガンまでもを破滅《はめつ》させる劇薬なのかもしれない。だが、だからこそビフロンスのおもちゃに相応《ふさわ》しい。

あれを好きに使っていいなら、〈魔王〉の首のひとつやふたつ、安いものだ。

「よか、ろう」

そんな企《たくら》みを知ってか知らずか、シアカーンは快諾《かいだく》した。

「オーケー、契約成立《けいやくせいりつ》だね」

素敵《すてき》な贈り物をもらったように、ビフロンスは無垢な笑顔でそう答えるのだった。

◇

「よし、全員集まったな！」

玉座の間に、八名の男女が集められていた。

ザガンとネフィ、フォルに加えて先ほど捕縛《ほばく》したアルシエラ。さらにリリス、セルフィ、黒花のリュカオーン組、そして最後のひとりはシャックスである。シャックスと黒花はなにやらギクシャクしているように見えるが、まあそっちはザガンの事情には関係ない。

ザガンは玉座の前に立つと、〈魔王〉の威厳《いげん》を込めて語りかける。

「こうして集まってもらったのは、他でもない。お前たちにやってもらいたいことがあるからだ」

そうして集まった全員の顔を確かめていると、シャックスがなにやら言いにくそうに手を挙げた。

「ボス、その前に質問があるんだが」

「許そう。言ってみろ」

「なんでここ、こんな厳重な結界で隔離《かくり》されてるんだい？」

オリアスと対談したときと同じく、この玉座の間は考《かんが》え得る最高の結界で守られていた。

それは外敵に対してはもちろんのこと、内側にいる者も〈魔王〉の許可なく出入りすることは不可能だということでもある。

それはいかなる侵略者《しんりゃくしゃ》も追い返す鉄壁《てっぺき》の守りであるのと同時に、〈魔王〉クラスを封《ふう》じ込めるような結界でもあった。

むしろそんな結界の存在に気づけたことが、このシャックスという魔術師の優秀《ゆうしゅう》さの証明でもある。

「なんだ、わからんのか。お前は察しは悪いが、頭は切れると評価しているんだがな」

「お兄さん、これは察しが悪い方ですから仕方ないと思います」

「……まあ、お前がそう言うんならそうなんだろうな」

呆《あき》れるようなザガンの言葉に、黒花が嘆くように言う。よほど不満が溜《た》まっているようなので、ザガンも慰めるように首肯《しゅこう》した。

なにやら責められている気分になったのか――いや、これくらいで自覚してくれるくらいなら黒花も苦労しないだろう――シャックスは青ざめて肩を竦める。

「すまねえがさっぱりだ。まあ、メンツをみれば処刑《しょけい》されるわけじゃなさそうだ、くらいには思うが」

「お前の場合は、むしろこのメンツだと吊《つる》し上《あ》げられる可能性も高いと思うんだが」

「俺《おれ》はそんな悪いことしましたかねっ？」

これにはさすがに、ネフィまで含《ふく》めた女性陣《じょせいじん》から冷ややかな視線が向けられる。

——お前、本当にそういうとこだぞ……。

正直、ザガンもあまり人のことは言えないが、それでもシャックスのこれはあんまりだと思う。

ため息をもらしながらも、まあこの男を責めても話は進まない。

「質問の答えだが、これから話すことを外部——特にオリアスとラーファエルに知られるわけにはいかんからだ」

ネフィがキョトンとして首を傾げる。

「お母さまにも、ですか？」

「ああ、そうだ」

そこで黒花がぴょこんと三角の耳を震《ふる》わせる。

「じゃあ、もしかしてあたしが呼ばれたのも、ラーファエルさまと関係が……？」

「うむ。お前はシャックスと違って察しがよくて助かる」

「はは……」

黒花が疲れた顔で苦笑いをする。少しは笑ってくれるかと思ったのだが、どうやら相当重症《じゅうしょう》のようだ。

さすがに同情していると、今度はアルシエラが怖《お》ず怖《お》ずと手を挙げる。

「あたくしからも、質問よろしいですかしら？」

「ああ、言ってみろ。今回は貴様の協力が不可欠だからな」

正直、感情としてはいまでも吸血鬼《きゅうけつき》を頼《たよ》ることに抵抗《ていこう》があるが、いまは必要なのだ。頼る以上は報酬も与えるし、敬意も払《はら》う。当然、説明すべきことは十全に答える。その程度も許容できぬ王の度量など、野盗の頭《かしら》にすら劣《おと》る。

アルシエラは困惑《こんわく》を隠しきれないような顔で言う。

「お風呂を造るというのは、あたくしの聞き違いではありませんのね？」

すでに噂《うわさ》は伝わってしまっているようで、ネフィや黒花たち、あとシャックスまでもが驚《おど》いた顔はしなかった。

――まあ、親孝行という目的さえ悟《さと》られなければ問題ない。

せいぜい好きなように噂させておけばいいだろう。

ザガンは胸を張って頷く。

「相違《そうい》ない。俺はこの城に大浴場を造ると宣言した」

アルシエラは頭痛を覚えたように——心臓も動いていない不死者の頭痛の原理は、生前の幻肢痛《げんしつう》のようなものらしい——額を押さえた。

「先日〈アザゼルの杖〉を押さえたのは結構なことですけれど、なぜいま？」

「必要になったからだ」

微塵も迷いのない答えに、アルシエラも目を丸くする。

「他にやることがありそうなものですけれど？」

「貴様がなにと戦っているかは知らんが、俺の敵はシアカーンとビフロンスだ」

「まあ、そうなりますわね」

お互《たが》いの認識《にんしき》をすり合わせてから、ザガンはこう言った。


「では連中を殺したあとは、どうするのだ？」


「え？」

まるで考えたことがなかったかのように、アルシエラは呆《ほう》けた声をもらした。

「言っておくが俺は〈魔王〉どもと戦っても、誰ひとり配下を犠牲《ぎせい》にするつもりはない。シアカーンとビフロンスを殺したあとも配下たちの面倒《めんどう》は見るし、貢献《こうけん》してもらう」

当然、ネフィやフォル、ラーファエルたち家族もだ。

敵は殺すが味方の犠牲はいやだなど、子供の理屈《りくつ》なのかもしれない。

だが、ザガンは〈魔王〉であり、王なのだ。無理だろうが屁理屈《へりくつ》だろうが、口にしたからには傲慢に成《な》し遂《と》げる。

もっとも、それは〝守る〟とも呼ぶのだが、ザガンはその名を思いつけなかった。

「ならば、シアカーンとの因縁《いんねん》が長期化し始めているいまこそ、労《ねぎら》いが必要であろう。違うか、リリス！」

「ひえっ？　え、ええっと、はい。そう、なんじゃないの……と思います」

実際のところ、ネフィとオリアスに親子の時間を作ってあげたいという、果てしなく私的な理由から始めたことではあるが、配下たちの慰労《いろう》にしたいというのも本当だった。

――魔術師が風呂を喜ぶかは知らんが、まあ喜べるものにすればいいだけの話だ。

ネフィの力を借りれば魔力の回復を促進《そくしん》するとか、そういう効果も期待できるかもしれない。

それでも駄目《だめ》だったときは、普通《ふつう》にネフィやリリスたちでのんびり使ってもらえばいい。

女の子は風呂を喜ぶものらしいし。

とはいえ、そんな私的な理由で配下全員を動かすわけにもいかないので、関係者というか、手伝う理由のある人間だけ集めたのだった。

アルシエラはしばらくキョトンとしていたが、やがておかしそうに笑った。

「クスクス、銀眼の王さまのおっしゃることは毎回想像がつきませんわね。あたくし、てっきり今度はネフィ嬢《じょう》と温泉旅行にでも行きたくなったのかと思いましたわ」

「は、ははは破廉恥《はれんち》なことを言うな！　温泉旅行ってそんな……い、いっしょに入るわけにはいかんだろうが」

「はうっ？　いっしょに？　お風呂、ですかっ？」

ザガンの言葉に思わずネフィまで跳《と》び上がって反応してしまう。

――この反応、ネフィも興味はあるのかっ？　だがしかし……！

恋人《こいびと》だからってそこまでやってもいいのだろうか。ネフィと恋人らしいことをたくさんやってみたいからさっさとシアカーンを殺そうとしているわけだが、さすがにこれは過激過ぎるのではないか？　しかしなんというか憧《あこが》れてしまう話ではある。

口には出せない葛藤《かっとう》でザガンとネフィが懊悩《おうのう》していると、アルシエラが呆れたような顔で言う。

「……ふたりとも。温泉というものは、男女別になっているものなのですわ」

無意識のうちにネフィといっしょに入るものと考えていて、ザガンは顔を覆《おお》って悶絶《もんぜつ》した。同じようにネフィも顔を覆って蹲《うずくま》ってしまう。

そこでフォルが不思議そうに首を傾《かし》げる。

「あれ？　ゴメリの気配がしない」

「いや、さすがにゴメリの姉御《あねご》でもこの結界に阻《はば》まれたら感知できないんじゃないか？」

シャックスの説明に、フォルが心底驚いたように琥珀色《こはくいろ》の瞳《ひとみ》を大きく揺《ゆ》らした。

「ザガンの結界、すごい」

「そこまでしないと逃《に》げ切《き》れない、ゴメリの姉御の方がおかしいと思うんだが……？」

それから、セルフィが両手を挙げて大喜びする。

「わーい！　お風呂が大きくなるんスね！　よかったッスね、リリスちゃん」

「ふ、ふん！　王さまが決めたことなんだから、それは従うわよ」

こっちはこっちで面倒臭い態度を取っているが、リリスの頬《ほお》は赤く染まっていた。

その隣で、ようやく立ち直ったネフィがほうと吐息《といき》をもらす。

「お風呂ですか……」

「ネフィさんもやっぱり気になりますか？」

「まあ、それは……はい。お風呂は気持ちいいですし」

はにかむように頷くネフィの耳は、ピピクッと小刻みに震えていた。やはり喜んではくれているらしい。

――うん。ネフィが喜んでくれるなら問題ない。

誰《だれ》かが文句を言ったら、適当に理由をでっち上げればいいだろう。

満足そうに頷いていると、シャックスが付き合いきれないように肩を落とす。

「ボスはもう少し真面目に物事を考えてくれてると思ったんだがな」

「なにを言っている？　そもそもいま風呂を造る羽目になった理由の大半は、貴様にあるんだ。減俸《げんぽう》されないだけありがたく思え」

「なんで俺が……って、あー、もしかして昼間風呂を壊したから、かい？」

一応、自覚はあるようでシャックスは気まずそうに言う。

「でも、あれは不可抗力《ふかこうりょく》というか、実際に壊したのはラーファエルの旦那《だんな》の方だぜ？」

「ガタガタ言うな。このあたりでラーファエルの機嫌《きげん》を取っておけと言っているのだ。いい加減、殺されても俺は知らんぞ」

ほんの数刻前も殺されかけているのだ。シャックスは青ざめるが、すぐにザガンの言葉の意味を察して涙ぐむ。

「すまねえボス。俺はてっきり、もう見捨てられたものかと……」

見捨てたくなったのは事実だが、本当に死なれると困るので仕方がない。

それから、黒花も納得《なっとく》したように三角の耳を震わせた。

「あ、そうか。それでお風呂だったんですね」

「どういうことですか、黒花さん？」

「温泉とかって、リュカオーンだと親孝行の旅行とかで定番なんですよ。きっとラーファエルさまやオリアスさまも喜んでくださいますよ」

親子というなら黒花とラーファエルもそうなのだ。その親孝行にシャックスが貢献したとなれば、少しはラーファエルの警戒も解けるだろう。それがここに集めた理由である。

その言葉に、ネフィは戸惑《とまど》うように尖《とが》った耳の先を震わせた。

「そ、そうでしょうか。だったら少し、嬉《うれ》しいです」

やはりネフィの方もオリアスと打ち解けるきっかけを探していたのかもしれない。ホッとしたような表情だった。

フォルもなにやら鼻息を荒《あら》くして拳《こぶし》を握《にぎ》る。

「親孝行……！　私も、がんばる」

「はい。がんばりましょう、フォルさん」

黒花とネフィの間に入ったフォルは、ふたりと手を繋《つな》いで万歳《ばんざい》をする。

──なんというか、こういう光景も悪くないもんだな。

普段《ふだん》はネフィとフォルのことばかり気に懸《か》けているが、こうして黒花たちも並ぶと家族が増えたのだと実感する。

それから、あっと声を上げた。

「ザガンさま、それでしたらネフテロスも誘《さそ》いたいのですが、いいでしょうか？」

「うむ。そうだな。今日の訓練……ではオリアスに気取られるか。どうせ足りないものも出てくるだろうから、街に行くついでに声をかければよかろう」

「はい！」

事情を理解したところで、再び全員がザガンに視線を集める。

「それで、なにをすればよいのでしょうか？」

「うむ。そうだったな」

ネフィの言葉に深く頷いて、ザガンはアルシエラに目を向けた。

「なにから始めればよいのだ、アルシエラよ？」

アルシエラが愕然《がくぜん》として金色の眼を見開いた。

「丸投げですのっ？」

「なにを言っている。風呂《ふろ》のことがわからんから、貴様をアドバイザーに迎《むか》え入《い》れたんだろうが」

そんなこともわからないのかとため息をもらすと、アルシエラも人生（推定一千年）に疑問を抱《いだ》くような顔で黙り込んでしまう。

「まあ、難しく考えるな。貴様は自分が使いたくなるようなものを言えばいいのだ。造るのは俺たちだ」

「はあ……。そのお風呂、あたくしも使っていいんですの？」

「……？　当たり前であろう。それとも夜の一族は風呂は苦手なのか？」

さすがに助言を求めておいて本人に使わせないなどという真似《まね》をするほど、ザガンも落ちぶれてはいない。

なのだが、アルシエラは予期せぬ言葉を聞いたように硬直《こうちょく》した。

「なんだ。苦手なら無理に入らんでもかまわんぞ」

「いえ、そういうわけでは……」

狼狽《ろうばい》を振《ふ》り払うように頭を振ると、アルシエラはいつもの表情に戻《もど》る。

「それより、大浴場ですのね。欲を言えば温泉を引きたいところですけれど、どこに造りますの？」

「ふむ。城の裏ならなにもないからな。ひとまずそこを考えている」

「ならまずは地質調査ですわ。それと景観もどうにかしたいところですわね。露天風呂《ろてんぶろ》は景色が楽しめなければ無意味ですのよ」

アルシエラの言葉に、ネフィが反応する。

「あ、植物のことなら、ある程度ならわたしとネフテロスでなんとかできると思います」

「あたしも、簡単な剪定《せんてい》くらいならできます。故郷で手伝っていたことがありますから」

頼もしい言葉に頷き返し、ザガンはマントを翻《ひるがえ》す。

「では、ひとまず予定地の調査から始めるぞ。全員、くれぐれもここでの会話は外で漏《も》らすなよ」

「はい」

ザガンに続いて全員ぞろぞろと玉座の間をあとにする中、フォルがアルシエラにこっそり話しかけていた。

（アルシエラ、よかったね）

（そういうわけではありませんけれど……でも、ええ、そうですわね）

不安そうに、しかしどこか嬉しそうに、夜の少女の声はそっと消えていった。

◇

「これ、先に外観をどうにかした方がいいと思うのですわ」

開口一番にそう言ったのは、アルシエラだった。

城の裏手側に回ると、うっそうとした森が広がっていた。こちらは街道《かいどう》にも繋がってないため、ネフィたちも掃除《そうじ》以上の手入れはしていない。落ち葉などは片付けられているものの、取り立てて綺麗《きれい》でも汚くもない景色である。

ザガンはふむと頷く。

「どのあたりがいかんのだ？」

「いや、これではただ森があるだけではありませんの。高い木が多いから紅葉も楽しめませんし、光も通りませんわ。これが夜になったら不気味なこと以外、なにも取り柄《とりえ》がありませんわよ？」

「不気味なのが取り柄なのか？　やはり夜の一族の感性は変わっているな」

「皮肉くらいわかってくださいません？」

「気にするな。こちらも皮肉で言っている」

皮肉には皮肉を返すのが礼儀《れいぎ》である。

そのつもりだったのだが、アルシエラはなにやら疲れたように頭を抱《かか》える。恐《おそ》らく最近はシャックスも城にいるため、察しの悪さ等でストレスが溜《た》まっているのだろう。この不死者も一応は客なので、その意味でも風呂造りは正しかったのかもしれない。

自分が振り回しているとは微塵《みじん》も考えない〈魔王《まおう》〉は、寛大《かんだい》にもそう察してやった。

「しかし景観か。考えたこともなかったな。普通の暮らしというものを楽しむには、そういった教養も必要になってくるか。学ばせてもらうとしよう、ネフィ」

「はい。ザガンさま」

ザガンとネフィから期待の目を向けられ、アルシエラもたじろいだ。

「……そんな大げさな話でもないのですけれど」

さすがに見ていられなくなったのか、リリスとセルフィが前に出る。

「ここ、せっかくお城なんだから、景観は綺麗に越《こ》したことはないってことよ。ほら、たぶん上から見ると綺麗だと思うんだけど、下から見るには向いてないっていうか」

「確かに部屋のテラスから見る景色はとても綺麗ですよ」

ネフィの部屋は城の最上階、玉座の間から通じる尖塔《せんとう》の上である。

確かにあの部屋——当時は魔術《まじゅつ》で拷問器具《ごうもんきぐ》を吹《ふ》き飛《と》ばした直後だったため酷《ひど》い有様だったが——から見上げた月は綺麗だった。

頭上を仰《あお》げば、確かに大きな木々の枝葉が屋根のように広がっていて、夜空を楽しめるようには見えない。

「ひとまずあたりの木を減らしてみるか。倒《たお》した木は建築素材に使えばいいし、使えないなら魔術で処分すればいい」

一流の魔術師は、藁《わら》の上でも燃やしたいものだけを燃やせるものである。

「あと口からお湯の出るライオンの置物とか定番ッスよ！」

「口から……？　それは、気分のいいものなのか？」

キメリエスの心労が祟《たた》って嘔吐《おうと》してしまった光景を想像してしまい、ザガンは渋面《じゅうめん》を作る。最近はゴメリが魔《ま》王殿《おうでん》に引きこもってしまったため、特に気苦労が増えているようだし。

疑問の顔をするザガンに、リリスが言う。

「別にライオンでなくてもいいんだけど、流れる水って眺《なが》めていて癒《い》やされるものよ。そういうのは確かにあった方がいいわ。あと立派な彫像《ちょうぞう》とか」

「ふむ。そういうものか。なにか考えてみよう」

どこが癒やされるのかはわからないが、ザガンは真面目に頷いた。

そこに黒花が口を開く。

「お兄さん、流水や彫像もいいですけど、自然の岩なんかもあれば風流なものですよ？」

「岩だと？　なにか意味があるものなのか？」

「えっと、意味というか、自然って人の力を越えたものがあるじゃないですか？　そういったものを感じられることをわびさびとか風流と言うんですよ。ですから、そういうものもあるといいと思います」

それが一般的《いっぱんてき》なものなのかリュカオーン特有の感性なのかはわからないが、そういうものらしい。

黒花の説明に、フォルが同意する。

「わかる気がする。私も魔王殿の洞窟《どうくつ》みたいなところは、すごく居心地《いごこち》がいい。でも魔術で掘《ほ》ったトンネルだと、なんかいまいち」

「つまり、自然物であることが重要なのか？」

だとすると、魔術でほいほい解決というわけにもいかなくなる。どこか近くに手に入りそうな場所などあっただろうか。さすがにキュアノエイデスで販売《はんばい》しているようには思えないが。

ネフィも困ったようにうつむく。

「植物はある程度融通《ゆうずう》できますが、岩となるとわたしもお応えできるか……」

「魔法《まほう》でも難しいか？」

「難しいというか、土や岩の精は気難しい方が多いものですから、上手《うま》く説得できるかわからなくて……」

エルフ自体が精霊《せいれい》の一種のように言われてはいるが、精霊との対話となると本当にハイエルフだけの領域だ。そういった人格の違《ちが》いは考えたことがなかったので、ザガンも驚いて目を丸くした。

「気難しい……？　植物は違うのか？」

「はい。植物や水、あと風の精霊は気さくで陽気な方が多いので、いたずら感覚でだいたい応えてくれますから」

これにはザガンだけでなく他《ほか》の面々も絶句する。

——いたずら感覚って、それでいいのか……？

かつてこの城を襲撃《しゅうげき》した聖騎士《せいきし》のひとりが、ネフィの怒《いか》りに触《ふ》れて半殺しにされたことがあった。

それはもう、森そのものが意思を持ったかのように凄《すさ》まじい猛攻《もうこう》だったのだが、あれは精霊からすると〝その場のノリでついやっちった〟くらいのものだったらしい。

困惑していると、ネフィがぽんと手を叩《たた》く。

「あ、でもネフテロスはそのあたり、得意そうというか、気難しい精霊からも好かれているようでした」

「ああ、真面目なのに不器用過ぎるやつを見て、年寄りが見ていられなくなるような感覚なんだろう」

「はい。まさにそんな感じで」

ネフィはぽんと手を叩いて嬉しそうに耳を震わせる。嫁《よめ》から見ても妹はそんな感じに思えるものらしい。

実際、ネフテロスは地から突《つ》き出《だ》す水晶《すいしょう》の神霊魔《しんれいま》法《ほう》を好んで使う。いまネフィが言ったような相性《あいしょう》というのも関係あるのだろう。どの道義《ぎ》妹《まい》の力は必要だったようだ。

続いて、ネフィはしゃがんで地面に触れてみる。

「でも、水源に関してなら、なんとかできると思います」

「事実か、ネフィ？」

「はい。火の精霊と折り合いを付けられれば、その〝温泉〟というのもなんとかできそうです」

「さすがはネフィだ。ではそちらは任せてもいいか？」

「お任せください」

ネフィは優雅《ゆうが》にスカートの裾《すそ》を持ち上げて腰《こし》を折るが、その耳の先はどこか得意げに揺れていた。

挙げられた指摘《してき》を頭の中で反芻《はんすう》しながら、ザガンは言う。

「景観に関してはそんなものか？」

「挙げればキリがありませんけれど、ひとまずはそんなものではありませんの？　気になるところは順次改築していけばよいと思うのですわ」

リリスが推挙しただけあって、吸血鬼の少女はアドバイザーとして有用だった。

頷いてから、アルシエラは首を傾げる。

「ですけれど、銀眼の王は周囲の意見にもずいぶん寛容《かんよう》ですのね？」

「ふん。どれも俺にとっては未知の話だ。そもそも助言に耳を貸さぬくらいなら人を集めなどしない。それに、知らぬことを学ぶのは悪くないものだぞ？　なあネフィ」

同意を求めると、ネフィも恥《は》じらうように頬を染めつつ、控《ひか》えめに頷く。

「はい。サプライズも嬉しいですけど、こんなふうにザガンさまといっしょに考えたり試《ため》してみたりできるのも、楽しいです」

「う、うむ！　その通りだな！　ふたりで、だものな！」

ザガンはできるだけ平静を装って頷く。すでに新婚旅行《しんこんりょこう》（仮）まで行った仲なのだ。これくらいで動揺《どうよう》はしない。

「やだなあザガンさん、今回は自分たちもいっしょッスよ？」「しーっ、察してあげなさいよセルフィ」「察してあげられる関係って、いいですよね……はあ」「黒花、大丈夫《だいじょうぶ》？　シャックスに謝《あやま》らせる？」「待ってくれ。なんで俺、フォル嬢さんにまでそんな目で見られてるんだ？」「まあ、これはこれでよい愉悦《ゆえつ》なのですかしら……」

「「あうう……」」

〝ふたり〟からいないものと見做《みな》された全員から注視されていることに気付き、結局ザガンとネフィは顔を覆って頽《くずお》れた。

でも、こういう企みが楽しいのは事実だ。シアカーンがひと月も動きを見せないでいるからこそではあるが、願わくばこんな日々が永遠に続いてほしい。

――シアカーンとビフロンスのやつ、人知れず餓死《がし》でもしててくれないかなあ。そうであってくれれば、きっと世界は平和になるのに。

しみじみ頷いていると、シャックスがペンでぽりぽりと頭をかきながら言う。手にはいつの間にか大きな紙片《しへん》が握られていた。

「あー、ちょっといいかい、ボス？」

「どうしたシャックス」

「大ざっぱにまとめてみたんだが、脱衣所《だついじょ》の手合いは伐採《ばっさい》する木材で足りるだろうし、岩や石材の手合いはネフテロスの嬢ちゃん頼みとして、飾《かざ》りの彫像類はどうすんだい？　魔王殿あたりから持ってきてよければ経費も抑《おさ》えられると思うが」

なにも発言しないと思ったら、シャックスはひとりで書記を取って対策をまとめてくれていたらしい。

ザガンはとても残念なものを見たような気持ちになる。

「お前、有能なのになあ。なんで察しだけ悪いんだろう……」

「え、いまの褒《ほ》められたのかい？　叱《しか》られてんのかい？」

「……まあ、大浴場が完成したらお前の貢献も伝えておいてやるさ」

と、そこでなにか思い出したようにアルシエラが声を上げた。

「魔王殿……」

「どうかしたか？」

「いえ、よく考えたら魔王殿にあるではありませんの。大浴場」

　これにはザガンたちも目を丸くした。

「事実か？」

「いまも残っているかはわかりませんけれど、千年前はありましたわ。当時でもかなり豪《ごう》華《か》なものだったと記《き》憶《おく》していますけれど」

「ふむ。ものがあるなら話が早いな。実物がわからん者は視察に向かうからついて来い」

「それ、銀眼の王とネフィ嬢くらいのものだと思うのですわ」

　アルシエラの言葉に周囲の全員が頷き、ザガンは愕然とさせられた。

　忌々《いまいま》しく舌打ちをもらして、ふと疑問を抱く。

「いや待て。貴様、なぜ魔王殿のことをそうも詳《くわ》しいのだ？」

〝天使狩《てんしが》り〟が保管されていたのは、まあマルコシアスと旧知の仲だからということで納得はできる。だが風呂まで使うような仲となると、ただの知り合いではないだろう。

　アルシエラは失言したように視線を逸《そ》らすが、やがて仕方なさそうに口を開いた。

「……一時期、魔王殿で暮らしていましたの」

「マルコシアスの下にいたということか？」

「その前の城主なのですわ。まあ、マルコシアスもいましたけれど」

本当に、この吸血鬼はいったい何者なのだろうか。

ザガンは睨《にら》み付《つ》けるが、少女の横顔は露骨《ろこつ》に『絶対に答えませんわ』と語っていた。

「……チッ、まあいいだろう。彫像の話に戻すが、やはり俺たちの感性では魔術師の風呂にしかならんだろうからな。そのあたりはリリスに一任する」

「あら、アタシの感性は信じてもらえるのね」

「当然だ。貴様は我が配下の中でも屈指《くつし》の一般人《いっぱんじん》だ。期待しているぞ」

「ふふん、任せてちょうだい……んん？　あれ、一般人？」

一度は自慢《じまん》げに薄《うす》い胸を張ったリリスだが、一般人という区分に微妙《びみょう》な顔をした。

同じように微妙な顔をしているシャックスだったが、再びメモに視線を落として続ける。

「それと源泉だが、やっぱりゴメリの姉御に見てもらった方がいいと思うぜ」

「ネフィの魔法では不足か？」

「いや、源泉を湧《わ》かせたら水質ってもんを調べるだろ？　そっちは俺より姉御の方が専門だからな。俺がやるよか効率的だろうぜ」

つくづくもっともな意見に、ザガンも頷《うなず》かされる。

「なるほど。では街の方へは俺とネフィが行こう。ゴメリのやつを捕《つか》まえられるのは俺かキメリエスくらいだし、ネフテロスも誘わねばならん」

別にふたりっきりで街に行きたいわけではない。もちろんそういう気持ちは多分にあるが、全体としては七割くらいである。これはザガンにしてみればかなり抑えた数字だ。

と、そこでネフィがなにか思い出したように「あ」と声を上げた。

「どうした、ネフィ？」

「ええっと、実は……」

言いにくいことのようで、ネフィはザガンの耳に顔を近づける。

（黒花さんが、自分にできる仕事をお探しでした。あのドレスでは動きにくいのではないでしょうか？）

なるほど黒花らしい要望にザガンは頷いた。

――まあ、黒花の言い出しそうなことだな。

一時的なものとはいえ、そろそろひと月もこの城にいるのだ。なにかしないと落ち着かないというのはわからないでもない。

「わかった。黒花、お前も来い」

ネフィとふたりきりで行きたいところではあるが、どの道ゴメリを呼び出す以上、ふたりの時間を楽しむことは期待できない。

「ええっと、あたしまでごいっしょでいいんでしょうか？」

「ああ。どの道、お前に相談したいことがあった」

「相談……？」

不思議そうに三角の耳を揺らす黒花に、ザガンは頷く。

――こいつは、これからも戦いに身を置くだろうからな。

せっかく目が見えるようになったのだし、ラーファエルあたりはここで剣《けん》を置いてほしいと思っている節がある。それはザガンも同じ気持ちだが、黒花は戦うだろう。シャックスはどこまでも不器用に、これからも戦いの場に居続けるのだから。

そういう人間に対して、ザガンの答えはひとつである。

どこまでわかっているのか、黒花はキョトンとしたまま頷く。

「そういうことでしたら、了解《りょうかい》しました」

続いて、ザガンはリリスたちに目を向ける。

「リリス、お前はここに残り、大浴場の設計を進めておけ」

「せ、設計？　そんなこと言われても、アタシ設計なんてわからないわよ」

「案ずるな。シャックスを置いていく。魔術師にとっては魔法陣《まほうじん》を描《えが》くのも図面を引くのも大差ないからな」

丸投げされたシャックスが顔を引きつらせる。

「ボス、さらっと無茶《むちゃ》を言わんでくれませんかねえ」

「なんだ、できんのか？」

「いや、そりゃできますけどよ」

「だから任せると言っているのだ。頼りにしているぞ」

「……そんなん言われたら、断りようがないんすけどねえ」

なにやら不服そうな声をもらしてはいるが、シャックスはそれ以上文句は言わなかった。

「あとセルフィとアルシエラも手伝ってやってくれ。俺よりは風呂のこともわかるだろう？」

そう指示すると、アルシエラが疑問を返す。

「それはかまいませんけれど、浴槽《よくそう》はいくつ造るおつもりですの？」

「いくつ、とはどういう意味だ……？　男湯と女湯のふたつでは駄目なのか？」

「ダメではありませんけれど、お風呂にも種類がありますでしょう？　せっかく温泉まで引けるのですから、いくつか取り入れてみてはどうですの」

大浴場に相応《ふさわ》しいかはわからないが、昼間にリリスと交《か》わした会話からもミルク風呂やサウナ、泡風呂《あわぶろ》、泡風呂にしても足下《あしもと》から気泡《きほう》が噴《ふ》き出すようなものなど、種類があるようだった。

ザガンはふむと頷く。

「一理あるな。だがそんないくつも造れるか？　ここはなにもないが、男女用にふたつずつ用意すれば相当な面積になるだろう」

そこでなにか閃《ひらめ》いたようにリリスが手を挙げる。

「あ、それなら日替《ひが》わりで男湯と女湯を入れ替《か》えたらどうかしら。それなら一種類ずつ用意するだけでも大丈夫でしょ？」

「なるほど、名案だ。それで行こう。というわけだアルシエラ。ある程度は数を用意してかまわんぞ」

「クスクス、銀眼の王さまが楽しそうでなによりですわ」

そして、最後にひとりだけ指示をもらっていないフォルが首を傾げる。

「ザガン、私は？」

「ああ、フォルには一番重要な役を頼《たの》みたい」

「重要な役」

その言葉に、フォルは目に見えて瞳を輝《かがや》かせる。

「ラーファエルとオリアスに、ここのことが気取られるように工作してくれ。あとついでに、シャックスが殺されんように取り計らってやれ」

「わかった」

元気よく答えるフォルとは裏腹に、シャックスが苦笑いする。

「まあ、よろしく頼むわ、フォル嬢さん。さすがにこんな冗談《じょうだん》みたいな死に方するわけにはいかねえからな」

すでに自分の死に場所を定めているかのような言葉に、黒花も表情を曇《くも》らせる。

――こいつらも、そろそろ仲直りしてもらいたいもんだが……。

原因がシャックスにある以上、黒花に折れろとは言わないが、まさかひと月以上もケンカを続けるとは思わなかった。お互い、そろそろちゃんと話をしたいと思っているだろうに話すきっかけも見つけられていないようだ。

黒花はそんな葛藤を振り払《はら》うように頭を振ると、ザガンに顔を向ける。

「それでお兄さん、あたしに相談というのは？」

「おっとそうだったな。黒花、お前は本質的に聖騎士《せいきし》であろう？」

ケット・シーは魔力《まりょく》が高く、不安定ながらも魔法のような奇跡《きせき》を起こす希少種ではあるが、黒花は魔術を学んでいない。その剣技《けんぎ》は聖騎士に分類される。

「えっと、暗部のそれをそう呼んでいいのかはわかりませんけれど……」

うむ、と頷いてザガンはこう宣言した。

「だから聖騎士が当然に与《あた》えられている力を、お前にも与えようと思う」

「聖騎士の力……？」

黒花には〈天無月《あまのむげつ》〉という、聖剣《せいけん》に比肩《ひけん》するリュカオーンの神剣《しんけん》があるが、聖騎士が本来持つ力というのは聖剣ではない。

ネフィが「あ」と声を上げる。

「それってもしかして……」

ザガンは答えず、ただ笑い返す。

教会の力の象徴《しょうちょう》は聖剣である。だが何百何千といる聖騎士——つまり非魔術師と魔術師の力の差を埋《う》めているのは聖剣ではない。

黒花はそれを持たずして聖騎士長《せいきしちょう》とすら対等に渡《わた》り合《あ》えた。視力を取り戻した彼女《かのじょ》がさらにその力を手に入れればどうなるか、〈魔王〉としても好奇心《こうきしん》の疼《うず》く話だった。

◇

「――どうしたお前たち！　怪我人《けがにん》相手に一本も取れないのか？」

聖都ラジエル教会本部訓練場。片腕《かたうで》を包帯で吊《つ》っている若い聖騎士が、少年たちに叱咤《しった》の声を上げていた。

立ち向かっているのは三人の少年で、それぞれ同じ形の大きな木剣《ぼっけん》を握っている。教会の最大戦力である聖騎士長たちである。訓練中とはいえ、全員洗礼鎧《せんれいがい》を着込んでいて、実戦形式のようである。

そんな光景を、退屈《たいくつ》そうに眺めているのはステラだった。

深紅《しんく》の髪《かみ》と、同じ色の左目。右は銀色の義眼で、長く伸《の》ばした前髪《まえがみ》で隠《かく》している。背は女性としてはやや高い部類ではあるが、騎士たちに紛《まぎ》れれば低いだろう。

ステラは洗礼鎧など着ておらず、襟首《えりくび》を開いて礼服を着崩《きくず》している。

自身は魔術師だと認識《にんしき》していたのだが、師のアンドレアルフスはなぜか自分を次期政権所持者として教会に送り込んだ。おかげで窮屈《きゅうくつ》な礼服を着せられ、毎日この退屈な訓練を眺めさせられているのだった。暑苦しいので、洗礼鎧は置いてきた。

隠そうともせずにあくびをもらすと、隣《となり》にちょこんと座《すわ》る少女が心配そうに言う。

古巣《キュアノエイデス》で拾ってきた妹分のリゼットである。

「お姉ちゃんは訓練しなくていいの？」

「リゼットは真面目《まじめ》でいい子だねー。訓練と言っても、確かに私、剣って苦手なんだけどさ。それでもここの連中じゃちょっと稽古《けいこ》相手《あいて》にならないのよね」

初日に全員病院送りにしてしまい、アンドレアルフスから加減しろとカンカンに怒《おこ》られた。それ以降は関《かか》わらないようにしているのだ。

少年騎士たちも、すっかり怯《おび》えてステラと目を合わそうとしない。

——あの教官みたいなやつならマシそうなんだけど……。

アルヴォ・ユーティライネンと言っただろうか。ザガンに〈天燐《てんりん》・右天《うてん》〉まで使わせた二人組の片割れだ。片方はもう傷が癒えたようですでに任務に戻り、ここにはいない。彼《かれ》ならシャスティルや黒花くらいの実力を期待できそうだが、あいにくと怪我人だ。しかも利《き》き腕《うで》を負傷しているのでは、さすがに相手にならない。あれが完治したら、少し遊んでもらってもいいかもしれないが。

そんなわけで、師からは聖騎士長候補として訓練にいそしむよう命じられているが、素《す》振《ぶ》りくらいしかすることがないので、とにかく暇《ひま》だった。

しかも、ステラをこんなところに押《お》し込めたアンドレアルフス本人は、用事ができたとか言ってさっさといなくなってしまうのだから鼻持ちならない。

——城で魔術の研究してた方が楽しいんだけどなあ。

しかしここでは魔術師であることがバレないように振る舞《ま》えと言われているので、魔道《まどう》書《しょ》を読むわけにもいかない。

正直、時間がもったいないと思う。

「暇だし、なんか甘《あま》いものでも食べにいく？」

「うん！」

そうして、立ち上がったときだった。

（おい、ギニアスだ）（ジュニアのやつ、傷はもういいのか？）

少年騎士たちがざわつく。目を向けてみれば、訓練場に幼いとさえ言える少年騎士が姿を見せていた。

ギニアス・ガラハット二世。十二人の聖騎士長を束ねる聖騎士団長である。腰には聖剣を下げ、洗礼鎧も身に着けている。

ただ、その顔に精気はなく、未《いま》だ茫然《ぼうぜん》自《じ》失《しつ》としていた。とうてい立ち直ったようには見えず、いかにも言われたから来たという様子だ。

――あー、ザガンがいじめちゃった子かー。

まあ、お互《たが》い立場上、不可抗力だったとは思うが、信じた相手に裏切られた上、けちょんけちょんに負けたわけである。十三歳《さい》の少年にはちょっと辛《つら》すぎる出来事だろう。

アルヴォも稽古の手を止め、心配そうに目を向ける。

「ガラハット卿《きょう》、貴公も訓練に参加するか？」

「……訓練？」

ここが訓練場であることも認識していなかったのか、ぼんやりした声を返す。心ここにあらずというか、まだまだ失意のどん底といった顔だ。宝物庫の事件からひと月も経《た》つはずだが、ずっとこんな状態なのだろうか。

いまの彼に慰《なぐさ》めの言葉などあろうはずもなく、アルヴォも二の句が継《つ》げなかった。

「んー……」

ステラは足の向きを変えると、地面に転がっていた木剣のひとつを拾い上げる。

──ま、弟分《ザガン》の不始末はお姉ちゃんが片付けてあげないとね。

それから、おもむろに少年の傍《そば》へと歩いていく。

「ディークマイヤー卿……？」

一応、ステラはアンドレアルフス……いや、ミヒャエル・ディークマイヤーの隠し子ということになっていた。正直、あれを父と呼ぶのは非常に抵抗《ていこう》があるのだが、その方が便利なので我慢《がまん》しろとのことだ。

まあ、姓《せい》など持ったことはないのでステラにはどうでもいい話だが。

ステラはギニアスの前に立つと、かがみ込んで視線の高さを合わせてからニッコリと笑いかける。

「……？」

意識はあるらしく、ギニアスは怪訝《けげん》そうに顔を上げた。

「こんにちわ。私のことは覚えてる？　まあ、一度顔を合わせただけだからわかんないかな」

「……いえ、ディークマイヤー卿のご令嬢《れいじょう》、でしたね。次の聖騎士長だと、お伺《うかが》いしています」

「まー、なんかそういう立場みたいねー」

正直、こんな格式張った挨拶《あいさつ》ほど自分に似合わないものはない。むずがゆくて背中をかきむしりたくなった。

「そんじゃま、そういうことだから」

挨拶もそこそこに、ステラは左手に握《にぎ》った木剣を振り上げる。

「え……？」

呆《ほう》けた顔をする少年めがけて、ステラは容赦《ようしゃ》なく木剣を振り下ろした。

ゴッと、鈍《にぶ》い音が響《ひび》いた。

「……いきなり、なにをするのですか！」

少年は、辛《かろ》うじて剣の柄《つか》で木剣を受け止めていた。

ステラはさも心外そうにまばたきをする。

「え？　具合悪そうだったし、休む口実をあげようかと思ったんだけど」

それを挑発《ちょうはつ》と受け取ったのか、ギニアスはギリッと奥歯《おくば》を鳴らした。

「……っ、私は！　そんなに弱くない！」

そして木剣を振り払うと、そのまま剣を抜《ぬ》いて斬《き》りかかってくる。

木剣ではない。腰に下げた聖剣で、だ。

「ばっ――なにを考えている、馬鹿《ばか》やめろジュニア！」

「あは、いいからいいから」

止めに入ろうとするアルヴォを片手で追い返し、ステラは容赦なく少年の顔面を蹴り上げ、げた。

「男の子がいつまでもそんなしけた顔してちゃダメだぞ？」

頭部は洗礼鎧にも守られていない。それを手加減なしで蹴《け》ったのだ。ギニアスは鞠《まり》のように跳《は》ねて地面を転がる。

その光景に、訓練中の少年たちが絶句した。

「嘘《うそ》だろ……。素手《すで》で、しかも生身《なまみ》でギニアスの打ち込みより速い？」

聖騎士は洗礼鎧をまとうことで、初めて魔術師に比肩する身体能力を得る。これを身に着けていない状態を生身と呼んでいるわけだが、ギニアスは当然身に着けているのだ。少年たちの驚愕《きょうがく》も無理からぬことではあった。

――ザガンとこの黒花って子も、これくらできそうだったけどなあ。

手合わせをしたことはない……というか、当時の記憶はあやふやだが、水着という防具もない状態で、魔王候補腕《デカラビア》の腕を切り落とすくらいの力があったはずだ。確か同じ条件ではシャスティルですら、傷を負わせるところ止まりだったというのに。

あれで洗礼鎧をまとえば、きっとさらに強くなる。剣だけならミヒャエルすら凌《しの》ぐ可能性もあると、ステラは評価していた。

そんなことを考えているうちに、ギニアスが立ち上がる。

「あなたに、なにがわかる！」

「いや、そりゃわかんないけどさー。人間、気が乗らないときに無理しても、いいことないもんだよ？　無理せず寝《ね》てたらいいよ」

「無理じゃない！」

なにが気に障《さわ》ったのか、激高したギニアスは聖剣を放《ほう》り出して殴《なぐ》りかかってきた。

ステラはへらっとした笑《え》みを崩《くず》さず、撫《な》でるようにその拳《こぶし》を軽くいなす。

「うあ――っ？」

体勢を崩したギニアスは、そのまま地面を殴ってしまうが――

ズンッと鈍い音と共に、石畳《いしだたみ》の地面が陥没《かんぼつ》した。

――体捌《たいさば》きはまだまだだけど、いい拳打だ。

鍛《きた》えているとはいえ、十三歳の少年が地面を殴ってもこうはならない。聖剣がなくとも並みの魔術師や魔獣《まじゅう》程度なら、素手でなぶり殺しにできるだろう破壊力《はかいりょく》だ。

これが、洗礼鎧をまとうことで聖騎士が与えられる力である。

これだけの力を与えられて、ようやく聖騎士は魔術師と対等なのだ。非魔術師と魔術師の間には、それほどの埋めがたい差が存在する。

そして、ギニアスの拳打は洗礼鎧に頼《たよ》り切《き》ったものではない。鍛えてやれば素手でもそれなりになるだろう。

そう認めてあげながらも、ステラは笑う。

「無理無理、そんな拳じゃザガンどころか私にも掠《かす》らないよ？」

才能があっても、いまはただの原石だ。磨《みが》いてもいないない石ころでは当たってもたかが知れている。

――でもまあ、鍛えないといけないのは、私も同じかなあ。

昔はケンカもステラの方が強かったのだが、なにぶん五年分ばかりの記憶が抜け落ちている。おまけに成人すれば性別の差というものも出てくる。さすがにいまザガンと殴り合っても、ステラが勝つのは難しいだろう。

姉弟《きょうだい》ゲンカといえど、勝ち目のないケンカほど面白《おもしろ》くないものはない。

ただ、それは相手がザガンやマルク並みの実力者だった場合の話だ。この場でステラに勝《まさ》る体術の使い手はいない。

さすがに魔術も使わずに洗礼鎧を殴れば、拳が砕《くだ》ける。

ギニアスは再び殴りかかってくるが、ステラは今度はその拳を柔《やわ》らかく握り返し、ドアノブを捻《ひね》るようにカクンと回してみせる。

少年はなにが起きたかわからぬという顔で、宙を一回転した。

「ぐはっ」

背中から地面に叩き付けられるが、またすぐに立ち上がる。

「おー、がんばれがんばれ」

馬鹿にしているようにしか聞こえないが、ステラなりに励《はげ》ましているつもりだった。

――ザガンが気に懸《か》けてたのも、ちょっとわかるかな。

不器用で真《ま》っ直《す》ぐで、少年時代から歪《ゆが》みに歪んでいた自分たちとは、対極にいるような男の子だ。

純粋《じゅんすい》と言えばいいのだろうか。きっと同じくらいの歳《とし》のころに出会えば反発しか覚えなかったのだろうが、二十歳《はたち》にもなると憧憬《しょうけい》じみた感情を覚える。

まあ、要するになんか放っておけないから、面倒《めんどう》を見てやりたくなるのだ。

何度か殴り返し、放り投げていると、血と泥《どろ》で顔面をぐしゃぐしゃにしたままギニアスは体当たりをしてきた。

「おっと――?」

「お姉ちゃん!」

さすがに避《さ》けきれず、ステラは仰向《あおむ》けにひっくり返ってしまった。

――あ、マウント取られるとちょっとマズい？

何発か殴られるのは避けられないだろう。洗礼鎧で一方的に殴られるとなれば、さすがに魔術《まじゅつ》で身を守らなければ死んでしまう。

身構えるが、少年はステラにしがみついたまま殴りかかってはこなかった。

「……無理じゃない……無理なんかじゃない」

ギニアスの方も、散々殴られて力尽《ちからつ》きる寸前だったようだ。ぐすぐすと泣きながら、そう繰《く》り返していた。

ステラはごろんと地面に身を投げ出したまま、少年の頭を撫でてやる。

「少しはスッキリした？」

「え……？」

ギニアスは驚《おどろ》いたように顔を上げる。

「子供のくせに、あんまお利口さんでいるもんじゃないよ」

子供はすぐに癇癪《かんしゃく》を起こすし、理不尽《りふじん》に周囲に当たり散らす。でもそれは、そうすることで自分を保とうとしているのだ。潰《つぶ》れてしまいそうな悩《なや》みや悔《くや》しさも、大声を上げて暴れれば少しは紛れる。

まあ、これを大の大人がやれば問題だろうが、ギニアスはまだ子供なのだ。そうやって発散してもいいのだ。

そう言って笑いかけると、なにやらギニアスは顔を赤くした。

「えっと、あの、はい……」

そうしていると、ケンカは終わりだと判断したのかリゼットが駆《か》け寄《よ》ってくる。

そして、両手でギニアスの襟首を掴《つか》むと力一杯《ちからいっぱい》引っぺがす。

「へ……？」

「お姉ちゃんをいじめるな！」

両手を広げて、リゼットがギニアスの前に立ちはだかる。

その顔を見て、なぜかギニアスは硬直《こうちょく》した。

「なっ——貴様は！」

（え、いまのいじめられてたのジュニアの方だよな？）（ぼっこぼこにされてたんですがそれは……）（ちょっと羨《うらや》ましかった……）（え？）（え？）（え？）

ギニアスの困惑《こんわく》は、より大きな困惑の声にかき消されてしまう。

周囲からなんだか変な言葉が聞こえてきたが、ステラはひょいと立ち上がってリゼットの頭をポンポンと叩く。

「私はいじめられてたんじゃないから大丈夫だよ。ほらあれ、訓練ってやつ？」

そんな説明で納得《なっとく》するはずもなく……というかそもそも誤解ではあるが、リゼットはギニアスを睨み続ける。

やがてギニアスも我に返ったようで、羞恥《しゅうち》に苛《さいな》まれた顔でうつむく。

「いや、別人か……。申し訳ない。女性に向かって、それも聖剣なんか抜いてしまうなんて……」

「あは、大丈夫《だいじょうぶ》大丈夫。先に仕掛《しか》けたの私だし。ほら、立てる？」

手を貸してやると、ギニアスはなにやら恥ずかしそうに目を泳がせながら握り返した。

ようやく立ち上がった少年は、先ほどに比べればどこか吹《ふ》っ切れたような顔だった。自分本位のお節介《せっかい》だったが、少しは意味があったのかもしれない。

ギニアスは自分の聖剣を拾い上げてから、ぺこりと頭を下げる。

「つくづく、かたじけない。おかげで目が覚めた気がする」

「ならよかったね。じゃあ、行こうかリゼット」

甘い物を食べに行くと約束したのだ。そのまま立ち去ろうとすると、ギニアスがすがるように呼び止めてくる。

「ま、待ってくれ！　貴公は女性の身で、なぜそんなに強くなれたのだ？　洗礼鎧もなしに、なぜそうも……」

ステラはリゼットと顔を見合わせる。

「なんでって言われてもねー。私、長いこと浮浪児《ふろう》やってたから、普通《ふつう》に護身術的な感じかな？　ザガンも含《ふく》めてあそこじゃわりとこれくらいできる子、多かったよ」

「お姉ちゃん、私、そんなのできないよ。マオーが少しだけ教えてくれたけど」

「そっかー。じゃあ今度教えてあげるね」

「うん！」

えへへと笑い合っていると、ギニアスは愕然《がくぜん》とした顔をする。

「ちょっと待って！　いま、ザガンと言ったのか？　貴公は、あの邪悪《じゃあく》な男とどういう関係があるのだ」

「邪悪って、まあ神聖じゃあないだろうけど、ただの浮浪児仲間だよ？　弟分的な？」

「ふ、浮浪児……？　あの男が？　いや、貴公のような方も？」

よほど受け入れがたい話なのか、ギニアスはまたあんぐりと口を開く。

「よくパンを盗《ぬす》もうとしてぶん殴られてた、ただのガキだったよ。あの子も、私も」

本当に悪たれだったと思う。なのに周囲の大人たちはそんな悪ガキを殴りはしたが、ガキという理由で命は許してくれた。

だからステラもザガンも、子供に対してはつい甘くなってしまうのかもしれない。

からからと笑いながら言うと、ギニアスはおもむろに駆け寄ってくる。

「お願いだ。私に、戦い方を教えてくれ。私は、強くなりたい」

「いいよー」

「そこをなんとか……え？」

気軽に答えると、またしてもギニアスは目を白黒とさせた。

「稽古でしょ？　別にいいよ。私、剣って苦手だから稽古になるかわかんないけど」

どの道、ステラもまともに戦える相手がいなくて暇だったのだ。この少年はアンドレアルフスと同じ【告解】まで使えるのだし、ステラが本気で斬っても大丈夫だろう。

「──っ、かたじけない！」

「あ、でもその前に」

ステラはそろそろ面倒臭《めんどうくさ》くなったように苦笑する。

「あとででいい？　これから甘い物食べにいくとこなんだ」

「……っ、私もついていかせてもらいたい！」

リゼットは嫌《いや》そうな顔をしたが、なぜかギニアスはかしこまった様子でついてくるのだった。

「……あー。本日の訓練は、ここまでとするか」

後ろでなにやら疲《つか》れ切ったようなアルヴォの声が虚《むな》しく響いた。

◇

「――はッ、いま新たな愛《め》で力《りょく》の芽吹《めぶ》きを感じたのじゃ！」

ところは変わってキュアノエイデス。

ふわふわのスカートにもこもこのフリル、襟元《えりもと》にもレースのリボンを結んだ幼女姿のゴメリは、いつになく真面目な表情でそう叫《さけ》んだ。手には山盛りのクッキーを詰《つ》め込んだ籠《かご》が提《さ》げられている。

「くうっ、先ほども城の方で爆発的《ばくはつてき》な愛で力を二度も感じたというに、それを見逃《みのが》すとはなんたる不覚！」

「ゴメリさん、子連れのお客さんです！　クッキー渡してあげてください」

「防具店『プーリクラ』へようこそ！　クッキーどうぞなのじゃ」

パタパタと店内を駆け回る狐獣人《きつねじゅうじん》のクーの声に、ゴメリは愛想《あいそ》良く笑顔《えがお》で籠の中のクッキーを差し出す。

そんなゴメリに、カウンターに肘《ひじ》を突《つ》いて翼人族《つばさじんぞく》の女店員マニュエラが呆《あき》れ顔《がお》で言う。

「同志ー。そんなに愛で力に餓《う》えてるなら、そろそろお城戻《もど》ったらあ？」

「きひひっ、師匠《ししょう》がおるのに戻れるわけがなかろう？　今度こそ死んでしまうのじゃ」

涙《なみだ》ぐんで、ゴメリは頽《くずお》れた。

ひと月前のあの日、師オリアスの来訪を察知したゴメリは、全知全能を駆使《くし》して逃走《とうそう》した。それはもう、ふたりの〈魔王《まおう》〉の感知すら及《およ》ばぬ見事な逃《に》げっぷりであった。

そうして華麗《かれい》に逃げ切ったところまではよかったのだが、そのあとまさかオリアスが帰ることなく城に居座《いすわ》るというのは予想できなかった。

おかげで、夜は魔王殿《まおうでん》に閉じこもって震《ふる》え、昼は少しでも愛で力を満たそうとこの店に入《い》り浸《びた》っているのだった。

「おのれおのれ師匠めっ、まさかひと月も城に居座るとは。そりゃあれだけの愛で力が渦《うず》巻《ま》く拠点《きょてん》じゃ。居座りたくなる気持ちはわからんでもないが、そもそも師匠は人間嫌《ぎら》いじゃろ？　さっさと森へお帰り！」

「ザガンさんのお城も森の中よ？」

「もうこれ死ぬしかないのう！　きひひひっ」

「まあ、私は着せ替えできるからいいけどね？」

「ゴメリさんも主任殿《チーフどの》も働いてくれませんかっ？」

クーの悲痛な叫びが響くが、ダメな大人ふたりの耳には届かなかった。

マニュエラも商売をしているのだ。居座る対価として、彼女が指定する服を着て接客をするという、着せ替え人形に甘んじている。

ザガンの片腕とまで呼ばれる《妖婦《ようふ》》ゴメリを着せ替え人形にできる服屋など、このマニュエラくらいのものだろうが。

師への恨《うら》みを垂れ流すゴメリに、マニュエラは晴れやかな笑顔で言う。

「んっふ、同志、次この服行ってみよっか！　春の新作よ。あ、歳は二十歳でお願いね」

マニュエラが用意したのは肩《かた》から上が露出《ろしゅつ》するぴっちりとしたスーツで、腰《こし》から下はタイツ、頭にはウサギの耳を模したらしいカチューシャという格好だった。

「ほう？　これはまた愛で甲斐《がい》のありそうな衣装じゃな」

「さすが同志はわかってるぅ。元はラジエルのカジノで制服として発注されたものなんだけど、絶対これは受けると思ったからこっちでも作ってみたのよ！」

「これは悦《よ》い！　悦いのう。早うこれを着た乙女《おとめ》らの姿が見たいものじゃ！」

（……絶対やだ）

不穏《ふおん》な発言に、クーが瞬時《しゅんじ》に気配を殺して店内の景色と同化した。その隠形たるやキメリエスあたりが見ても見事と舌を巻いただろう。この少女もここで働くうちに、魔術師《まじゅつし》とは異なる才能に開花したのかもしれない。

それはともかくひと月も居座っていれば、マニュエラからの要望にも慣れたものだ。魔術師顔負けの早着替《はやきが》えもあって、ゴメリは瞬時に美女の姿で着替え終えていた。

「きひっ、ネフィ嬢《じょう》にこの服を着せて我《わ》が王と会わせてみたら、さぞや濃《こ》い愛で力が膨《ふく》れ上《あ》がるであろう。考えるだけで涎《よだれ》が止まらぬ！」

「んふふふーっ、さすがは同志ゴメリよ！　見事な着こなしだわ。でも表情はもう少し乙女でお願い。今日もキメリエスさんがめちゃくちゃ褒《ほ》めてくれてるわよ！」

「ひひゅうっ？　あやつめどこにっ！」

「そうそれ！　その表情よ同志！」

思わず胸元《むなもと》を隠してしまうゴメリに、マニュエラが大興奮する。

――恐《おそ》ろしい女じゃ。しかしそれでこそ我が同志！

いつの間にか自分までおもちゃにされつつあるが、愛で力への理解力はザガンすら凌ぐだろう。ゴメリは彼女を生涯《しょうがい》の友とさえ感じていた。

とはいえ、服のセンスはなかなかのものである。

「同志マニュエラよ、これ、妾用《わらわ》にいくつか発注したいのじゃ」

「もちろんよ同志ゴメリ。サイズはネフィちゃんと黒花ちゃんのふたつ？」

「あ、リリス嬢のも頼むのじゃ。妾の勘《かん》では、あの娘《むすめ》普段《ふだん》は痴女さながらの格好をしているくせにこういった服装は恥《は》じらうのじゃ。そういった意味ではネフテロス嬢も良い反応をしてくれそうではあるがのう」

「恥じらいは愛で力の要だものね！」

「イエス愛で力！」

「――ノーに決まっているだろう。なにをやっている」

マニュエラとハイタッチを決めていると、なぜか突然《とつぜん》後ろから頭を鷲摑《わしづか》みにされた。


「あら、お久しぶりねザガンさん」

頭を摑まれては後ろを振《ふ》り返ることもできず、笑顔のまま冷《ひ》や汗《あせ》をダラダラ流すゴメリをよそにマニュエラは朗《ほが》らかに笑う。

「あらー、今日はネフィと黒花ちゃんもいっしょなのね！」

「はい。ゴメリさまがお世話になっております」

「……あの、その洋服の注文はキャンセルでお願いします」

ネフィは慣れた調子で、黒花はその後ろに隠れてぷるぷると震えながら言う。

黒花からの要望に、マニュエラは神妙《しんみよう》な表情で頷《うなず》く。

「なるほど、確かに本人の意思じゃ大切よね」

「わかっていただけて嬉《うれ》しー――」

「黒花ちゃんには猫耳《ねこみみ》としっぽがあるんだから、素材の持ち味を活《い》かしてキャットガールにすべきよね！」

黒花は蒼白《そうはく》になってネフィの後ろに隠れる。

「助けてネフィさん」

「もう、マニュエラさん。いたずらはそこまでにしてください」

「あっはは、ごめんごめん。前はザガンさんが好きに遊ばせてくれたもんだからさあ」

それから、しげしげと黒花の顔を見る。

「へええ、でも本当に目が見えるようになったんだ。よかったわね、黒花ちゃん」

「あ、えっと……はい。ありがとう、ございます」

それは心からの喜びの声で、黒花も恥ずかしそうに頷いた。

感動的な瞬間《しゅんかん》に拍手《はくしゅ》を送りたいところだが、ゴメリは引きつった笑顔で頭の後ろにいる人物へと話しかける。

「ええっと、王よ、なぜここに？」

「キメリエスに聞いたら昼間はここにいると言われた」

「おのれキメリエス、裏切り者めえええええっ！」

じたばたと暴れるゴメリに、ザガンは無情にもこう告げる。

「そんなことより、お前の力が必要になった。そろそろ戻ってこい」

「きひっ、師匠がいる限りそれは無理な相談というものじゃ――あ痛っ」

突然手を離《はな》され、ゴメリは尻餅《しりもち》をつく。

我が王とはいえ、応《こた》えられない要求というものはある。ゴメリがそうは撥除《の》けると、なぜかザガンはゴメリを解放したのだった。

顔を上げると、ザガンは仕方なさそうに肩を竦《すく》めていた。

「そうか。ならば仕方がないな。他《ほか》を当たるとしよう」

「へ……？　よいのか？」

「無理強《むりじ》いをした配下がいい仕事をするとは思っていない。できんことをやれとは言っても意味はない」

拍子抜《ひょうしぬ》けする言葉に呆然《ぼうぜん》としながらも、ゴメリは生かされた事実に歓喜《かんき》する。

「きひっ、さすがは我が王。寛大《かんだい》な御心《みこころ》に感謝するのじゃ」

「――だが、本当によいのだな？」

思わせぶりなザガンの言葉に、ゴメリはぴくりと眉《まゆ》を揺《ゆ》らす。

「どういう、意味じゃ？」

「いや、忘れてくれ。嫌がる配下に強要するような趣味《しゅみ》はない」

言葉の端々《はしばし》からそこはかとない愛で力を感じた。

ゴメリにはわかる。この王は、ゴメリが求めて止《や》まぬような愛で力の滾《たぎ》る〝なにか〟を始めようとしている。

だが、ここで屈《くっ》すればゴメリは否応《いやおう》なく師と顔を合わせざるを得なくなるのもわかる。

王はやはり〈魔王〉なのだ。悪魔《あくま》のような駆け引きに、ゴメリはついぞ耐《た》えきれなくなって叫んだ。

「……っ、くどいぞ王よ！　いったい、なにを始めるつもりなのじゃ？」

ザガンは黙《だま》っておこうと思ったのにと言わんばかりに、慈悲深《じひぶか》い表情でため息をもらすとこう告げた。

「いやなに、配下どもがみんなで入られるような大浴場を造るだけだ」

ゴメリは我が耳を疑った。

「うむ。ちょうどリリスのやつがみんなで入れる風呂《ふろ》が欲《ほ》しいなどと言い出したからな」

このタイミングでこの提案。ゴメリにはすぐにオリアスへの親孝行やシャックスとラーファエルの仲を取り持つための計画だと見抜《みぬ》いた。

——みんなで入れる、大浴場……？

乙女らがみんなできゃっきゃうふふしながら体の洗いっこをしたり、湯船にどっぷり浸《つ》かりながら恋《こい》バナを咲《さ》かせて赤面したり、うっかり着替え中に出くわしてしまったり、無防備だから発生する幾多《いくた》の愛で力の坩堝《るつぼ》。それが大浴場である。

——おのれっおのれおのれおのれっおのれええええええええっ！

心の中で絶叫《ぜっきょう》しながら、ゴメリはがっくりと地に手を突いた。

「城で、働かせてください、なのじゃ……」

ゴメリの精神は数秒と保《も》たずに屈したのだった。

こんなゴメリのためにあるようなイベントを傍観《ぼうかん》するなど、死と同義である。仮にザガンの誘《さそ》いがなく、知らぬまま完成を見ていたとすれば、ショック死するかザガンへ反旗を翻《ひるがえ》していただろう。最初からザガンも誘う以外の選択肢《せんたくし》を持たなかったし、ゴメリにこれを放棄《ほうき》する道もなかったのだ。

つまり、ゴメリは運命に負けたのだ。

なぜなら愛で力がゴメリを裏切ることはないのだから。

◇

「まあ、ゴメリのことは置いておいてだ。マニュエラ、黒花に新しい服を見繕《みつくろ》ってもらいたいんだが」

なにやら蹲《うずくま》ってぶつぶつ呟《つぶや》くゴメリを放置して、ザガンはマニュエラに言う。

ちなみに、キメリエスには魔王殿を守ってもらっている。このひと月動きを見せていないとはいえ、シアカーンと抗争中《こうそうちゅう》なのに魔王殿の防衛をおろそかにはできないからだ。

マニュエラが緑の翼をばっさばっさと羽ばたかせる。

「んっはー！　また黒花ちゃんを好きにしていいのね。喜んでー！」

「もう、黒花さんが本当に怯えてるからやめてください」

以前、ここで服を買おうとしておもちゃにされたのは、ほんの数か月前の話だ。黒花は瞳《ひとみ》に涙を浮《う》かべてネフィにしがみついていて、ザガンですら庇護欲《ひごよく》が湧《わ》いた。

「黒花ちゃん逃げて！」

そこに、狐獣人の少女が飛び出してくる。

――あれ？　こいつどこから出てきたんだ？　気配を感じなかったぞ？

マニュエラからも逃げきるクーの隠形は〈魔王〉の知覚すら凌駕《りょうが》しつつあった。

ゴメリといいクーといい、ここの店員は諜報員《ちょうほういん》かなにかにでもなるつもりだろうか。ここに黒花を加えれば〈魔王〉の居城からでも情報を盗み出せるかもしれない。まあ、非戦闘員《ひせんとういん》にそんな仕事をさせるのはザガンの趣味ではないが。

「クー？　どうして……」

「クーはもう慣れてるから。大丈夫《だいじょうぶ》だから……！」

震えながら健気《けなげ》に黒花を守ろうとする少女に、ザガンは全《すべ》てわかっているというような表情でぽんと肩を叩《たた》いた。

「悪いがまだこのあと用事があるんだ。そういうのはあとでやってくれ」

「ザガンさんの鬼《おに》ー！」

とはいえ、ネフィとクーに阻《はば》まれ、なおかつザガンに急ぎと釘《くぎ》を刺《さ》されてはマニュエラもおもちゃにするわけにはいかなくなったのだろう。

不服そうな顔をするものの、それも一瞬《いっしゅん》のことですぐに服を引っ張ってきた。

「黒花ちゃんはラーファエルさんとこの娘《むすめ》さんなんでしょう？　ならこれ！　執事《しつじ》風《ふう》リュカオーン軍服でどう？」

マニュエラが持ち出したのは黒を基調とした着物だった。教会の礼服に似てはいるが、シャスティルのそれとは異なりズボンで男物だとわかる。それでいて袖《そで》や裾《すそ》はヒラヒラとした長いもので、リュカオーン特有の意匠が見える。帯刀させれば本当に軍服のようだ。

さすがはマニュエラというべきか、ザガンはふむと頷いた。

「なるほど、ラーファエルの服と合わせたのか。悪くないな」

「でしょう！」

「——異議ありなのじゃ！」

黒花に意見を聞こうと思ったところで、屍《しかばね》のようになっていたゴメリが立ち上がった。

「黒花嬢にはもっとこう、菓子《かし》でも与《あた》えて撫で繰り回したいような愛らしい衣装こそよいのじゃ！　妾はこのリュカオーンのユ・カッタ風侍女服《メイドふく》を提案する！」

ゴメリが引っ張り出してきたのは落ち着いた色の着物に、フリルで飾《かざ》った前掛《まえか》けといった組み合わせだった。以前、リュカオーンの無人島で着たユ・カッタの一種らしい。軍服のような派手さこそないものの、黒花が着れば一層庇護欲の湧きそうな衣装だった。

マニュエラとゴメリはにらみ合って罵《ののし》る声を上げる。

「失望したわよ同志ゴメリ。そんな服ではシャックスさんと並んだときにお互いどぎまぎしてまともにしゃべれないままケンカしちゃって去《さ》り際《ぎわ》にでもその服可愛《かわい》いじゃねえかとか言われて黒花ちゃんが赤面するもだだの光景しか思いつかないわよ最高ね！」

「愚《おろ》かなり同志マニュエラ。そなたの衣装こそラーファエルめの隣《となり》でほのぼの幸せそうに仕事しつつもう少し乙女らしい服でもよかったのではないかとか言われてお父さまと同じ格好がしたかったんですとか答えてもう一度ここに来る流れしか見えぬわ天才か！」

自重を知らないふたりは、友情を確かめるように固い握手《あくしゅ》を交《か》わした。

ザガンは絶句しながらも、同じように魂《たましい》が抜けたような顔をする黒花に言う。

「まあ、これを見習えとは言わんが、お前も少しは自分の欲求に素直《すなお》でもいいと思うぞ」

「……はい。お勉強させてもらいます」

そしてマニュエラとゴメリから同時に目を向けられ、ビクリと震え上がる。

「黒花ちゃんはどっちがいいの！」

「ひっ、あの、あたしは、その……」

「よしきた！　両方着せてみるのじゃ！」

「にゃあああああーっ！」

哀《あわ》れな黒花は店の向こうへと連れ去られていった。

それを見送って、ネフィは困ったように言う。

「黒花さん、大丈夫でしょうか？」

「まあ、大丈夫じゃないか？　あいつら、結果的に仕事はきちんとする方だし」

にも拘《かか》わらず不安になるこの気持ちは、フォルに初めて服を買ってやったときのそれに近いかもしれない。

気をもむふたりの後ろで、クーが神妙な表情で呟く。

「絶対ゴメリさんの服の方が可愛いと思うんだけど、黒花ちゃんはチーフ殿の方を選んじゃうんだろうなあ……」

人知れずこの少女もマニュエラたちに毒されているのだった。

それから、なにやらネフィが表情を曇《くも》らせていることに気付く。

「どうしたネフィよ。なにか心配ごとか？」

「ひえっ？　あの……はい、まあ」

いまさら表情ひとつから見抜かれたところで狼狽《うろた》える仲でもない。ネフィは耳の先をほのかに赤く染めてコホンと咳払《せきばら》いをする。

「なんでわかっちゃうんですか、もう……。ええっと、黒花さん、せっかく目が見えるようになったではありませんか？」

「ああ。がんばったな、ネフィ」

「はうぅ……」

素直な気持ちで褒めると、ネフィは今度は顔まで赤くしてしまう。

「ザガンさまは黒花さんにも力をお与えになるつもりなのですよね？」

「ああ」

とは言っても、洗礼鎧《せんれいがい》を作れるのはネフィの方だが。

ネフィは躊躇《ためら》いながら胸中を吐露《とろ》する。

「いまの黒花さんには、剣《けん》を捨てて普通の女の子として生きる道もあると思うんです」

「そうだな。俺《おれ》もそれは考えた」

相手がシャックスなのが心配なところではあるが、彼《かれ》の存在が黒花の人生に戦い以外の意味と可能性を与えてくれた。

だが、ザガンは首を横に振る。

「しかし黒花は戦いを選ぶだろう。だから、力を与えようと思う」

「そう……ですよね」

ザガンにできることは、配下として庇護することと力を与えることのふたつだ。黒花が庇護されることを選ばないのなら、力を与えるまでである。

　肩を落とすネフィを見て、ザガンはしかしと思い直した。

「いや、でもネフィの言う通りなのかもしれんな」

「とおっしゃいますと？」

「あいつ、そもそもそういう選択肢《せんたくし》があることに気付いてないような気がする。気付かずに通り過ぎるのと、自分で選択するのは違《ちが》う。結果は同じでも、誰《だれ》かがそれを言ってやった方がいいのかもしれん」

　そう肯定《こうてい》すると、ネフィも花が咲くように微笑《ほほえ》んだ。

「はい！　あとでお話ししてみます」

　そうしていると、へろへろになった黒花が戻ってくる。

　クーの予想通り、その服装はマニュエラが選んだリュカオーンの軍服風執事服だった。

「どう？　我ながら最高の取り合わせだと思うわ！」

「遠からず店に戻ってくるであろうし、そうなればリュカオーン侍女服も見られて二度美《お》味《い》しいのじゃ！」

「あー、うん。大丈夫か、黒花？」

　大興奮のふたりに適当に相づちを打って、ザガンは黒花に目を向ける。

まだ目を回しているのか意識が朦朧《もうろう》としているようだが、まんざらでもなさそうだ。

「ではそれでいいか。それと次はネフィに似合いそうな服を――」

「ザガンさま！　わたしのは後日でいいですから！」

新婚旅行《しんこんりょこう》（仮）で服選びができなかったのだ。ついその流れでネフィの服を選ぼうとすると、さすがに止められた。

「おっとそうだったな。ではまた今度にするか」

「……あとでちゃんと選ぶんだ」

クーが愕然として呟くが、ザガンは気にしなかった。

「可愛い服を用意して待ってるわよ！　あ、次はネフテロスちゃんもいっしょにお願い」

おもちゃのおねだりまでする店員にため息をもらし、ザガンたちは店を出る。

「――はっ！　よく考えたら妾これが最後の遊びやもしれんのじゃ。黒花嬢、後生じゃから侍女服も」

「いいから行くぞ」

やかましいお供を連れて、教会へと足を向けるのだった。

◇

「――つうかポンコツ。お前、このままじゃヤバいんじゃねえの？」

キュアノエイデス教会執務室《しつむしつ》。とうとつにそんなことを言ったのはバルバロスだった。

今日も今日とて不健康そうな顔で、首からは無数のアミュレットをぶら下げている。服装もマントにローブという魔術師姿で、教会内をうろうろしていい格好ではないのだが、最近は影《かげ》から出てきていることが多い。

「ヤバい、というと？」

シャスティルは眉をひそめる。

緋色《ひいろ》の髪《かみ》を頭の横で束ね、蝶《ちょう》の髪飾《かみかざ》りでまとめている。司教の礼服に身を包み、普段《ふだん》はポンコツ極《きわ》まりない顔立ちも理知的に見える。洗礼鎧は防具立てに飾られているが、職務中の凜々《りり》しいシャスティルである。

――内通者の件はバルバロスが処理してくれたようだし、他に問題はないはずだが。

結局、犯人が誰だったのかは教えてもらえなかったが、あれから教会から情報が隠蔽《いんぺい》されたり孤立《こりつ》させられたりという事態には見舞《みま》われていない。むしろ宝物庫の一件以来、聖騎士長《せいきしちょう》の中からも理解を示してくれる者まで現れたくらいなのだ。

職務中のシャスティルでも見落とすような重大な問題があっただろうか。

戸惑《とまど》っていると、バルバロスはソファに足をかけたまま面倒臭そうに呟く。

「最年少で聖騎士長になった紅一点ってのが、お前の売りだろ?」

「売りかどうかは知らないが、まあそうだな」

「最年少って、こないだのガキもそうなんだろ?」

「うむ。私もガラハット卿《きょう》も十三歳《さい》で聖騎士長に任命された。ともに最年少だな」

「んでデカラビアの野郎《やろう》も聖騎士長になるんだろ?」

「ステラ殿と言え。だがまあ、その通りだな」

正直、戸惑いがないといえば嘘《うそ》になる。

彼女《かのじょ》は魔術師であり、しかも現〈魔王〉にして聖騎士長という、二重の意味での最強であるミヒャエルの直弟子《じきでし》である。

共生派を掲《かか》げるシャスティルではあるが、教会には魔術師への抑止力《よくしりょく》という存在でいてもらわなければ共生の意味がなくなってしまう。にも拘わらず教会の意志を左右する存在が魔術師でいいのだろうか。

ステラに不審《ふしん》を抱《いだ》いているわけではないが〝住み分け〟という観点からの結論はまだ見えていない。

だが、バルバロスが言っているのはそういうことでもなさそうだ。いったい、なにを問題視しているのだろうか。

バルバロスは悪びれた様子もなくこう言った。

「最年少でも紅一点でもなくなったら、お前の存在意義《アイデンティティ》ってもんがヤベえんじゃねえの」

「んなっ？」

これには職務中のシャスティルも、愕然とした声をもらしてしまった。

「わ、私はなにもそれを自慢《じまん》に聖騎士をやっているわけではないぞ！」

「んなこと言ったって世の中名声だぞ？　ラーファエルの野郎だって、お前の名声目当てで共生派任せたんじゃねえか。キャラかぶりとかマズいんじゃねえの？」

実際のところ、シャスティルもステラも緋色の髪と瞳をしていて、同じ民族の血筋らしくはある。顔立ちは違えど、隣に並ぶと紛《まぎ》らわしいくらいにはあるかもしれない。

シャスティルは負けじと言い返す。

「ラーファエル殿は私の名声ではなく、私の考えを信じて共生派を託《たく》してくれたのだと考えている」

「いやうっかりで四百九十九人も返《かえ》り討《う》ちにしちまうようなやつだろ？　んな崇高《すうこう》なこと

考えてねえと思うぞ」

「う、ぐぅ……」

それを持ち出されると反論しづらい。

呻《うめ》きながらも、シャスティルは言う。

「あなたは私を貶《おとし》めてなにか楽しいのか？」

「はあっ？　なんで俺がお前を貶めてることになんだよ。俺はただ心配……じゃねえ、将来的なことを考えてだな」

「将来的なこと……えっ、将来的なことっ？」

自分の将来を想像してしまい、そこにいたのが自分ひとりでなかったことにシャスティルも動揺《どうよう》してしまった。

「そんなんじゃねえっつってんだろっ？」

「え、いや、え……？　いまの私が悪いのか？」

顔を真《ま》っ赤《か》にして怒鳴《どな》るバルバロスに、シャスティルも困惑が隠《かく》せなかった。

まあ、さすがに本人も無茶《むちゃ》を言っていると自覚したのだろう。バルバロスはいらだたしそうに頭をかきむしって言い直す。

「あー、つまりだな。お前、こんなとこに缶詰《かんづめ》してねえで、なんか他のことやった方がいいんじゃねえのってことだよ？」

いまの会話の流れからどうしたらそんな結論になるのかわからないが、この男との会話がかみ合わないのはいつものことである。シャスティルは微笑み返した。

「なんだ、気を遣《つか》ってくれたのか。すまないバルバロス」

「違うっつってんだろ」

これまで執務《しつむ》をサポートしてくれていた黒花が入院中で、なにかと教会の業務が遅《おく》れているのだ。ネフテロスも手伝ってはくれているのだが、彼女も神霊魔法《しんれいまほう》の修練で一日の半分は留守にしてしまう。

頼《たよ》りにしていたふたりの空席が重なってしまい、シャスティルもここひと月ばかり執務室に籠《こ》もってばかりだった。

シャスティルは申し訳なさそうに言う。

「気持ちはありがたいが、いまは人手不足なのだ。黒花さんが戻ってきてくれればもう少し余裕《よゆう》もできると思うのだが」

「教会って千年も続いてるくせに内務が雑すぎね？」

またしても痛いところを突かれ、シャスティルは呻く。

「確かに統率《とうそつ》が乱れている部分はあるかもしれないな。ここ数年ほど、教皇の座も空位らしいし」

「はん？　教皇ってのは教会で一番偉《えら》いやつじゃねえのか？　トップ不在なのか？」

「ああ。公表されていないが、どうやら崩御《ほうぎょ》されたらしい。私が聖騎士長に任命されたころはまだご存命だったのだがな」

共生派の同志たちからの情報で、聖騎士長の中でも限られた者にしか知らされていないような事実である。

「そんなこと俺にべらべらしゃべっていいのかよ」

いまさらの指摘《してき》にシャスティルも呆れた顔をする。

「あなたに隠し事はしないよ。すぐにバレるし。なら先に話しておいた方がいい」

「ふぐぅっ？　い、いやまあそうかもしれねえけどよ……」

「……？」

なぜかバルバロスは胸を押《お》さえて蹲った。教皇不在に動揺しているわけではなさそうだが、なんだろう？

バルバロスは平静を装って立ち上がる。

「なんだって秘密にしてあんだ？　表に出ないなら遠からず民衆にもバレるだろ」

「教皇猊下は教会の象徴《しょうちょう》でもあるからな。崩御されたとなれば動揺も大きい。後継者《こうけいしゃ》が決まるまで伏《ふ》せてあるのだろう」

　バルバロスは考え込むように顎《あご》を撫《な》でる。

「それ、なんか臭《くさ》くねえか？」

「そうだろうか？」

「そいつが事実なら、この数年で〈魔王〉も教会もトップが死んでることになるんだぜ？」

「……っ」

　それだけではない。聖騎士団長ギニアス・ガラハットもまた、一年前に命を落としているのだ。組織としての頭が全てすげ変わっていることになってしまう。

　シャスティルも危機感を抱いて頷いた。

「私の方でも、もう少し探《さぐ》ってみる」

「それが賢明《けんめい》だろうぜ……って、違う！」

　なぜかまたしてもバルバロスが叫ぶ。

「そうじゃなくて、お前は部屋に籠もりすぎだろって言ってんだよ」

「だから人手不足なのだって……」

　シャスティルが眉をひそめると、バルバロスはなにやらドンと自分の胸を叩く。

「そいつは聞いたが、お前には運のいいことにこの俺がいるってわけだよ」

「……？　まあ、いつも守ってくれていることには感謝しているが」

「あああもうっ、わかんねえやつだな！」

「なぜ怒《おこ》る？」

シャスティルがぽかんと口を開くと、バルバロスは我慢《がまん》の限界と言わんばかりに立ち上がり、ビシッと指を突きつけてきた。

「俺がいればどこでもすぐに――」

「――ちょっとシャスティル。書簡が届いてるわよ」

「てめえちったあ空気読めよ！」

「……はあ？」

扉《とびら》を開けるなり怒鳴られたのは、ネフテロスだった。

こちらは褐色《かっしょく》の肌《はだ》に銀色の髪、金色の瞳というダークエルフの少女である。それでいてその耳と顔立ちはネフィと同じもので、ふたりは双子《ふたご》の姉妹ということになっている。腰には魔《ま》道書《どうしょ》の詰《つ》まった鞄《かばん》が提《さ》げられていて、出かけるところなのだとわかった。

「バルバロス殿。女性にそんな言葉を使うものではありませんよ」

　ネフテロスの後ろにはリチャードがついていた。

〈魔王〉《ザガン》と聖騎士長《シャスティル》の庇護下にあるとはいえ、ネフテロスは希少種の中でも三名しか生存が確認《かくにん》されていないハイエルフのひとりだ。彼女を狙《ねら》う者はそれこそ掃《は》いて捨てるほどいるため、最低限の護衛としてリチャードをつけることにしていた。

　バルバロスは面倒臭《めんどうくさ》そうに顔を背《そむ》ける。

「魔術師に品性を求める方がおかしいと思うぜ？」

「……バルバロス殿」

「ほっときなさい。こいつに腹を立てても虚《むな》しいだけよ」

　それでも気分を害したことに変わりはないのだろう。ネフテロスはじとっとバルバロスを睨《にら》んで言う。

「あんたがシャスティルを口説くのは自由だけど、こっちは仕事なのよ。あとにして」

「く、っくくくく口説いてなんかねえしっ？」

　見事に狼狽えるバルバロスに、リチャードも「お見事です」と拍手を送った。

　同時に、その言葉でようやくシャスティルも合点《がてん》がいく。

　──ああ、さっきのは気分転換《てんかん》にどこかに連れていってくれると言っていたのか。

　なんとわかりにくいもの言いをする男なのだろう。

「……シャスティル、あんた大丈夫？　顔真っ赤よ？」

「なんでもない。気にしないでくれ」

理性的には平静でいるつもりなのだが、感情的に動揺がまったく隠せていなかった。

なんとか気を落ち着けて、シャスティルはネフテロスに向き直る。

「出かけるところにすまない。なにかあったのか？」

わざわざ出かけるのに引き返してきたところを見ると、なにか問題があったのは明白だ。

そうでなければリチャード……は、まあ護衛だから無理だろうとも、蒼天《そうてん》の三騎士《きし》あたりに任せているだろう。

ネフテロスは眉を寄せて難しい顔をする。

「問題ってわけじゃないけど、なんか重要そうな親書が来たのよ。これ、ミヒャエルってあいつのことよね？」

「はい。ディークマイヤー卿からの親書です」

「ミヒャエル殿《どの》から？」

その名前にシャスティルも思わず警戒《けいかい》してしまう。

あの聖騎士長は中立派を自称《じしょう》しており、敵対こそしてはいないが味方というわけでもない。ある意味〈魔王《まおう》〉の中でもビフロンスやシアカーン以上に、なにを考えているのかわからない人物である。

顔を強張《こわば》らせるシャスティルに、ネフテロスは慰《なぐさ》めるように言う。

「まあ、親書ってくらいなんだから変なことは書いてないんじゃないの？」

「だとよいのだが」

「少なくとも、魔術《まじゅつ》や呪《のろ》いはかかっていないわよ。それは確かめておいたから」

「あなたがそう言うなら確かだな」

ハイエルフとしての力はもちろんのこと、ネフテロスは魔術師としても希有《けう》な才能の持ち主である。〈魔王〉ビフロンスの直弟子なのだから当然と言えば当然だが。

大げさに驚《おどろ》いてみせると、ネフテロスはなにやら顔を赤くした。

「そ、それはまあ、あなたに死なれると困るのは私だもの」

ともあれ、〈魔王〉がらみなら自分も見た方がいいだろうと、ネフテロスがわざわざ届けてくれたのだ。

開いてみて、シャスティルはふむと頷いた。

「近く、こちらに立ち寄ると書かれている」

「え、それだけ？」

「うん。あの方がわざわざこんな報《しら》せを送ってきたということは、なにかただならぬことだとは思うのだが……。ひとまず、来訪予定日は他の執務は全てキャンセルして人払《ひとばら》いをかけておく」

「そうね。密談ってことになるんでしょうからね」

「そちらはこちらで対処しておきます。ディークマイヤー卿には応じるとのご返事でかまいませんね？」

「助かる。頼《たの》むよリチャード。それにネフテロスも」

「出かける前のついでよ。大したことないわ」

銀色の髪を振り払《はら》い、どこか恥ずかしがるように言うネフテロスに、シャスティルも思わず表情を緩《ゆる》める。

それから、ふと思い出して問いかける。

「そういえばネフテロス。最近はもう〝夢〟は大丈夫か？」

「夢……？」

ビフロンスから離反《りはん》し、キュアノエイデスに逃《に》げ込んできたばかりのころの話だ。ネフテロスは毎晩のように悪夢にうなされていて、シャスティルもこっそり傍《そば》で手を握《にぎ》ってやったりしていた。

それが最近は顔色もよく、夜中にうなされている様子もなくなったのだ。

小首を傾《かし》げてから、ネフテロスもなんのことか思い出したらしい。

「ああ、あの夢のことね。ええ。最近はもう見てないわ」

「それはよかった。安心したよ」

すぐに思い出せなかったくらいなのだから、本当に見ていないのだろう。

バルバロスが怪訝《けげん》そうな顔をする。

「なんの話だ？」

「あんたには関係ないわよ」

ツンと顔を背けるネフテロスに、バルバロスは呆《あき》れたようなため息をもらす。

「お前、自分の立場わかってんのか？　言っとくがビフロンスは死んでねえし、希少種のお前はシアカーンにだって狙われてねえ保障はねえんだぞ」

「……っ」

気付かなかったというより、考えたくなかったことなのだろう。ネフテロスが顔を強張らせる。それから、リチャードが空気を読んで口を開く。

「私は席を外しましょうか？」

「……別にいいわ。隠すようなことでもないし」

その答えに、リチャードはすっと執務室の扉を閉める。それを確かめて、ネフテロスもしぶしぶといった様子で口を開いた。

「ここに転がり込んだばかりのころ、よく悪夢にうなされてたのよ。……たぶん〝魔神《まじん》〟の夢だと思う」

「……おい、それザガンには報告してあるんだろうな」

「してないわ。だってただの夢だし、本当に〝魔神〟と関係あるかもわからないのに」

「お前な……」

「それに、すぐに見なくなったのよ。……そうね、リュカオーンの無人島に行ったころかしら？」

無人島という単語に、シャスティルとバルバロスは同時に顔を覆《おお》った。

過去にリュカオーンの海底都市に滞在《たいざい》したことがあり、ザガンの計らいで近くの無人島で休暇《きゅうか》を楽しんだことがあった。まあシャスティルとバルバロスもケンカをしたり仲直りをしたり、いろいろあったのだ。

恥《は》ずかしい記憶《きおく》に悶《もだ》えていると、ネフテロスは言いにくそうに続ける。

「とはいってもあのころずっと海の底にいたし、正直あまり眠《ねむ》れなかったからいつから見なくなったか、はっきりとはわからないわ」

確かにシャスティルたちが滞在していた海底都市アトラスティアは美しい場所ではあっ

たが、海の底というのは常人には居心地《いごこち》のよいものではない。頭痛を訴《うった》える部下も多かったし、シャスティルもあまり眠れなかったくらいだ。

「そのころなら、まだシアカーンと関《かか》わる前だし、ビフロンスもザガンに敗れて行動不能だったはずだな」

「……まあ、そうね」

いまでもビフロンスの名前を聞くと複雑な気持ちになるようで、ネフテロスは暗い表情を見せた。

バルバロスが腕《うで》を組んで考え込む。

「なら連中とは無関係だろうが、ザガンには話しておけよ。それが筋ってもんだろ」

その言葉に、シャスティルとネフテロスは意外そうに顔を見合わせた。

「あん？　なんだよ」

「あんた、なんか丸くなったわね」

「あ？　なんで俺が丸くなんだよ」

ネフテロスは肩《かた》を竦《すく》めて答えなかった。

それから、じとっとバルバロスを睨む。

「そっちのそれがさっさと失《う》せろって顔をしてるし、もう行くわ」

「おう、さっさと消えちまえ」

「やめないかバルバロス」

そうしてネフテロスが執務室を出ようとすると、また慌《あわ》ただしい足音が近づいてきた。

「シャスティル殿ー！　またしてもザガンのやつめが訪《おとず》れました。追い返しますか？」

野太い声で報告したのは大柄《おおがら》の聖騎士――蒼天の三騎士のひとりライアンだった。

「いや、通してくれ。どうせ親書《これ》のこともあるし……」

そう答えると、部屋の片隅《かたすみ》でバルバロスががっくりとうなだれた。

――えっと、私の方から言うべきなのだろうか。息抜《いきぬ》きに連れていってくれと。

しかしそんなことを自分から言い出せるシャスティルでもなく、こっちはこっちで懊悩《おうのう》するのだった。

第三章　✡　魔王と教会が仲良くしすぎてるおかげで世界は平和らしい



「ようザガン。宝物庫以来だから、ひと月ぶりくらいか？」

数日後。ザガン城玉座の間。

ヌケヌケと笑いながらそう言ったのは、ミヒャエル・ディークマイヤーこと〈魔王〉アンドレアルフスだった。

ここのところ大浴場造りに奔走《ほんそう》する毎日だったが、それもそろそろ完成が見えてきたところだ。普通《ふつう》に職人が手をかければ数か月はかかるだろう施工《せこう》だが、ここは〈魔王〉の城で住人の大半も魔術師《まじゅつし》である。三日もあれば形にはなる。

あとは源泉を引いて脱衣所《だついじょ》や彫像《ちょうぞう》などの細かい内装を整えるだけである。覗《のぞ》きを働く馬鹿《ば か》を始末する結界――〈魔王〉の城でまさかとは思うがネフィも入るのだから万全《ばんぜん》を期す必要がある――はすでに用意してある。大浴場の完成とともに起動する手はずだ。

ミヒャエルがザガンを訪ねてやってきたのは、そんなときだった。

一応、シャスティル経由で来るかもしれないことは聞いている。洗礼鎧をまとい、聖騎士長としての姿をしてはいるが、腰《こし》に聖剣《せいけん》はない。すでにステラに譲《ゆず》り渡《わた》したのだろう。

ザガンは怒気《どき》を隠そうともせずに睨《ね》めつける。

「貴様、ステラを聖騎士長にしたらしいな。いったいどういうつもりだ？」

「まあそう怒るなって。お前さんも宝物庫で俺を巻き込んでくれたんだから、おあいこだろ？　あのあと、そりゃあお偉いさんや仲間から裏切り者って散々罵られたんだぜ？」

「自業自得《じごうじとく》だ。〈魔王〉の名を明かさなかっただけ感謝しろ」

「っはー！　相変わらず可愛げのねえ野郎だな」

だが、ザガンも今回ばかりは馴《な》れ合《あ》いで済ませるつもりはなかった。

「貴様はステラを救うと言ったはずだ。それが聖騎士にすることなのか？」

デカラビアと呼ばれる魔術師を屠《ほふ》り、ステラと再会したとき、彼女は自我《じが》を失いつつあった。正直、いまでもあれをザガンに救えたかはわからない。

――だが、聖剣なんぞ押しつけるくらいなら俺が引き取った。

魔術師のまま聖騎士に身を置くなど、敵地で殺してみろと叫《さけ》ぶようなものだ。ザガンでもとうてい許せる話ではない。

それでもミヒャエルは飄々《ひょうひょう》と笑う。

「そいつは誤解ってもんだぜ。俺はあいつに戦う力と生きる術を与えただけだ。ここから先はもう、ひとりでも歩いていける。魔術師でも聖騎士でも、両方でも、好きな道を選べばいい。違うかい？」

「それは詭弁《きべん》だ」

ばっさりと切って捨てると、ミヒャエルはそれでも笑《え》みを浮《う》かべていた。

「違いない。だが、魔術師にしちゃあ筋を通したと思うがね？」

確かに、結果的にミヒャエルは嘘はついていない。もちろん納得《なっとく》のいく話ではないが。

この場で殴《なぐ》り倒《たお》したい衝動《しょうどう》に駆《か》られるが、それをやってしまうとこの男の口を割らせることもできなくなるだろう。

忌《い》ま忌ましさを堪《こら》えて、ザガンはパチンと指を鳴らす。柱の陰《かげ》からひとつの椅子《いす》が床《ゆか》を滑《すべ》り、ミヒャエルの後ろで止まった。

「説明しろ。ひとまずは聞いてやる」

「はっは、毎度清々《すがすが》しいくらい傲慢《ごうまん》だな」

笑って、ミヒャエルはどっかりと椅子に身を沈《しず》める。

それから、懐《ふところ》から煙草《たばこ》の箱を取り出す。吸っていいかと聞いているのだろう。別にここで喫煙《きつえん》を禁じた覚えはないので、ザガンは頷《うなず》き返した。

「さて、どこから話したもんかねえ。まあ、やっぱりそもそもお前さん方三人がどうして巡《めぐ》り会《あ》うことになったのか、ってことからかね」

「……ッ、マルクのやつも関係しているのか？」

「逆に訊《き》くが、無関係だと思うかい？」

　答えられなかった。

　ミヒャエルは煙草を口にくわえると、先端《せんたん》を焼き切って火を点《とも》す。それから紫煙《しえん》を吐《は》き出《だ》して語り始める。

「ま、発端《ほったん》はお前さんがマルクと呼んでた男だ。やつは長い間、お前さんを捜《さが》していて、俺もときどき依頼《いらい》されて手を貸していた」

「待て！　それはどういうことだ。マルクが俺を捜していただと？」

　いきなり聞き捨てならない話が飛び出し、ザガンは思わず玉座から立ち上がった。

　──俺が餓《う》えて死にそうだったとき、パンを分けてくれたのがマルクだった。

　そして、ザガンに名前を与《あた》え、ステラといっしょに裏路地を生きていく術を教えてくれたのだ。

　もちろんただの少年ではないとは思っていたが、出会う前からこちらのことを知っていたとまでは考えていなかった。

「さあな？　やつがどうしてお前さんを捜してたかは知らんよ。ただ、古い約束みたいなことを言ってたな」

「約束だと……？　いったい、誰との」

間違《まちが》ってもザガン自身ではないだろう。しかし天涯孤独《てんがいこどく》だったザガンを誰が探すというのか。あのころのザガンは無価値で、誰の目にも留《と》まることのない存在だったはずだ。

困惑《こんわく》するザガンに、ミヒャエルは紫煙をくゆらせて独り言のように呟《つぶや》く。

「こいつは俺の勝手な想像だが、お前さんに心当たりがないならその親か誰か、肉親なんかとの約束だったんじゃねえのかい？　親友の息子《むすこ》や兄弟を託された、なんてのはよくある話だろう」

兄弟はともかく、親とは。ザガンにはまったく縁《えん》のない存在である。

フォルという娘《むすめ》を得、ネフィの母であるオリアスと出会い、ようやく親とは子を慈《いつく》しむものらしいとわかってきた程度のもので、それは自分にはいなかったものではないか。

マルクが見た目通りの年齢《ねんれい》でないことは薄々《うすうす》気付いていたが、彼はいったい何年生きていたのだろう。

――いや、恐《おそ》らく一千年だ。アルシエラと同じく……。

そして千年前に、なんという名前で呼ばれていたのか。なにゆえその名前を見つけることができないのか。考えたくはないが、符合《ふごう》してしまうことが多すぎる。

「ま、俺《おれ》はただの協力者だ。詳《くわ》しい事情なんぞ聞かされちゃいねえよ」

「……まあ〝嘘〟ではないのだろうな。嘘では」

だからと言って調べなかったわけでも、考察がないわけでもないだろう。それをこの男は堂々とはぐらかしているのだ。そしてこれ見よがしにはぐらかしている以上、ザガンが頭を下げたところで口を割りはしないだろう。

ザガンがため息と共に怒《いか》りを吐き出すと、ミヒャエルは続きを語り始める。

「話を元に戻《もど》すが、俺とやつがキュアノエイデスでお前さんを見つけたのが十年前……いや十一年前か、それくらいになるわけだが、その少し前に俺にも予期せぬことが起きた」

「……聖剣か？」

ザガンが指摘すると、ミヒャエルはうんざりするような顔で頷いた。

「まあ、聖剣ってのは使い手を自分で選ぶもんでな。〈ザラキエル〉が俺を選んで八百年、次の継承者《けいしょうしゃ》を求める素振《そぶ》りも見せなかったんだが、そいつがどういうわけかとつぜん裏路地の小汚ねえガキを選んじまったわけだ」

「おい待て。ではなにか？　あのとき、すでに聖剣はステラを選んでいたのか？」

「おうよ。参ったぜ？　マルコシアスの叔父貴《おじき》は一振《ひとふ》りは聖剣を手元に置いときたかったとかでぶちキレるし、本来の所持者じゃなくなったってんでオロバスからも一年前のあれから外されちまったしな」

「一年前……？　オロバスってまさか……」

「おっと、口が滑ったかな？　そいつはいま関係のない話だったぜ」

ミヒャエルは白々しく口笛を吹《ふ》いて視線を逸《そ》らす。

一年前、賢竜《けんりゅう》オロバスが命を落とし、ラーファエルやマルコシアスが致命傷《ちめいしょう》を負う事件があった。その事件に関してもザガンはそれとなく調べてはいるが、何者かに情報が隠蔽されているようで結果的なことしか摑《つか》めていない。

つまるところ、魔族と戦い、賢竜と聖騎士長の半数、そして《最長老》マルコシアスという、大陸中の戦力を結集してなおその半数が命を落としたことだけだ。

もっとも重要な事実――なぜ魔族の復活などという事件が起きたのかが、まるでわかっていなかった。

ミヒャエルは続ける。

「〈ザラキエル〉はステラを選んだ。だがまあ、十にも満たないガキに継《つ》がせることにマルクの野郎が難色を示しやがってな。仕方ねえからあいつが成人するまで、だましだまし俺が使うことになったわけだ」

「そんなことができるものなのか？」

「まあ〈魔王〉の秘密ってやつだ」

話すつもりはないらしい。

ザガンは頭を抱《かか》えた。

「……どうして、ステラが？」

「さあな。いやだが待てよ？　他《ほか》にも赤い髪に赤い瞳《ひとみ》の聖騎士長がいたな。もしかすると聖剣が選ぶ人種にはなにかの法則性があるのかもしれねえな」

いちいち癇《かん》に障《さわ》るもののいいだが、これでもヒントは与えてくれているのだろう。

――赤い髪に赤い瞳……シャスティルか？

あの少女もまた、この一連の出来事になにか関わりがあるのだろうか。

それから、ミヒャエルはどこから取り出したのか、小箱の中に煙草の灰を落とす。灰を落とさない程度のマナーはわきまえているらしい。

「まあ、それだけでもこっちは大騒《おおさわ》ぎだってのによ。そこでマルクが見つけたわけだ。お前さんをな」

「そんな都合のいい話があるか？」

ミヒャエルの聖剣が選んだ次の所持者の隣《となり》に、マルクが長年探してきた相手がいた。作り話ならもう少しがんばってもらわないと誰《だれ》も耳を傾《かたむ》けないだろう。

自分だってそう思うと言わんばかりに、ミヒャエルも肩を竦める。

「俺たちも誰かに仕組まれたんじゃねえかって、ずいぶん警戒したんだぜ？　だがそれらしい裏はなにもなかった」

仮にも〈魔王〉が警戒してなにも出なかったのなら、本当になにもなかったのだろう。納得はいかないが、信じるしかない。

「あんときゃずいぶん揉《も》めてな。結局、マルクのやつがお前さんたちふたりの面倒《めんどう》を見ることになったわけだ」

聞いてみればわかりやすい関係ではあるが、ザガンは余計に疑問を抱いた。

「わからんな。マルクは俺たちといっしょに、ゴミ溜《た》めで暮らしていた。お前の言葉通りなら、やつにはそれなりの地位と力があったはずだろう？　なぜ自分からあんなゴミ溜めを選んだ？」

なにも養ってほしかったわけではないが、あのゴミ溜めは真っ当な生活をしていた者が足を踏《ふ》み入《い》れるような場所ではなかった。そこで寝食《しんしょく》を共にするなど、耐《た》えがたい苦痛だったはずだ。

問いかけると、ミヒャエルは意外そうに目を丸くした。

それからくっくと肩をゆらして笑う。

「まあ、そのあたりはお前さんもまだガキだってことか」

「なにが言いたい？」

手のかかる甥《おい》っ子《こ》でも見るような眼差《まなざ》しで、ミヒャエルはこう告げた。

「そんなもん、自分で自分の人生を選んで欲《ほ》しかったからに決まってんだろ？」

「――ッ」

ザガンが魔術師になったきっかけは、八歳《さい》のときにアンドラスという魔術師に攫《さら》われたからだ。ザガンはアンドラスを返り討ちにして知識と財産を奪《うば》った。

――だが、もしかしたらあのときマルクは近くにいたのかもしれない。

結果的に勝てたから姿を見せなかっただけで、傍にいてくれたのかもしれない。

なぜならアンドラスは《怨嗟《えんさ》》という二つ名持ちの魔術師で、魔術も知らない子供の逃《とう》亡《ぼう》を許すほど無能ではなかったはずなのだ。あのとき、逃げる隙《すき》を得られたのがマルクの手によるものだった可能性は低くない。

「念のために言っておくが、お前さんが〈魔王〉になったのは、お前さんが選ばれちまうほど強くなったからだ。むしろ俺は、マルクとのこともあるから反対だったぜ？」

「貴様は〈魔王〉筆頭だろう？　それが反対してなぜ俺になった」

「〝魔術喰《まじゅつく》らい〟を見た他の連中がはしゃいじまってなあ。止められなかった。あとあいつ、ビフロンスがめちゃくちゃ好みだって推《お》しまくったんだ」

「……はあ。あいつか」

よりによってビフロンスとは。〈魔王〉の地位と力は存分に利用させてもらってはいるが、複雑な気持ちだった。

いずれにしろ、これまでのザガンの人生は自分でどこまでも選んできたものらしい。

だが、と頭を振《ふ》る。

「俺のことは、まあいい。だが、ステラのことはどう説明する気だ？　マルクが守っていたのなら、なぜあいつがデカラビアなんぞに……っ」

言っていて、気付いた。

「そうか。五年前か……」

「そういうこった」

五年前、シアカーンが希少種《きしょうしゅ》狩り事件を起こした。

黒花の故郷が焼かれ、当時シアカーンの配下だったシャックスは主を裏切りマルクを手引きした。そして、マルクはそのとき命を落としている。

ステラがデカラビアに襲《おそ》われ、〈王の銀眼〉の呪いをかぶったのもその時期だ。

つまり、マルクからの庇護《ひご》は五年前に失われてしまったのだ。

――さらに言うと、シャスティルの兄が命を落としたのもそのタイミングか。

バルバロスから聖騎士長《せいきしちょう》の裏切り者の報告は受けている。その正体が少し気になって調べてみたら、すぐにわかった。シャスティルの兄シュルヴェステルは裏切り者《ヴァリヤッカ》の副官で、シアカーンと交戦して命を落としたのだ。

そのとき聖騎士長にも空席が発生しており、翌年シャスティルが就くことになる。間接的に、シャスティルを聖騎士長にしたのもシアカーンということになるだろう。

五年前に、一度全《すべ》ての糸は束ねられていたのだ。

そしてなにかが少しずつ狂《くる》い始めた。

気付いていないだけで、他にもまだなにかある可能性は高い。ザガンが当時の事件を他人事のように思っていられたのも、マルクに守られていたからなのかもしれない。

ミヒャエルはどこか物憂《ものう》げに笑う。

「五年前〈王の銀眼〉を持ち出した俺の部下がだな、実はシアカーンの内通者だった。まあ運搬《うんぱん》の最中に呪いに喰《く》われちまったわけだが。そいつがステラの下に転がり込んじまったのは、俺の不手際《ふてぎわ》だわな」

だから次期聖剣所持者という以上に、ミヒャエルには負い目があったのだ。

これは当時のシアカーンが、マルコシアス以外の〈魔王〉も同時に相手取るつもりだったことの表れでもあった。

もはや自暴自棄《じぼうじき》とも取れる行動ではあるが、〈魔王〉ともあろうものがそんな無様な行動を起こすだろうか？

――〈魔王〉を……いや、世界全てを敵に回しても、勝てる算段があった？

勝算もなくそんな愚行《ぐこう》に出たわけではないだろう。

結果的に失敗に終わったようだが、シアカーンにはまだその手段が残っているのかもしれない。だからいまこうしてザガンやアルシエラ相手にも平然と戦いを挑《いど》んできた。

ザガンはどっかりと玉座に腰を落とした。一度に与えられた情報が多すぎて、精神的にも整理が追いつかない。

眉間《みけん》をもんでいると、ミヒャエルが立ち上がった。

「ま、いまになってステラを聖騎士長に任命したのはそういう事情だ。あいつの呪いも解けたし、もう大人だ。いらなけりゃ聖剣を放《ほう》り出す手だってあるし、あとは自分で決めるだろうさ」

「……そうか」

ザガンがそれだけ返すと、拍子抜《ひょうしぬ》けしたというようにミヒャエルは頭をかく。

「マルクのことを問い詰められると思ったんだがな？」

「問い詰めれば答えるのか？」

「まさか、だろ？」

相変わらず腹の立つ男である。だが、ザガンはそう苛立《いらだ》ってもいなかった。

――あいつがこの街でどこに居を置いていたか、ふたつにひとつだ。

あるいはその両方だろうか。その先でまた糸が途《と》切《ぎ》れている可能性は低くないが、ミヒャエルの話から手がかりは得られた。まずはその糸を追うしかない。

それからミヒャエルは〈魔王〉の顔を見せた。

「まあ、俺の話はそれだけだ。ステラの身柄《みがら》を譲った見返りには十分だろう？」

「……まあ、な」

もう話すこともないのだろう。ミヒャエルは立ち上がるが、ふと思い出したように腰の剣《けん》をぽんと叩《たた》く。

「おっとそうだった。シアカーンの始末は俺が付ける」

脈絡《みゃくらく》のない言葉に、ザガンは眉《まゆ》を顰《ひそ》めた。

「……どういう風の吹き回しだ？」

「マルコシアスの叔父貴の残した仕事だ。それにステラやマルクの件でも因縁《いんねん》がある」

それから、いつも通りの飄々とした笑みを浮かべる。

「ま、そんなわけでお前さんはのんびり風呂《ふろ》でも楽しんでてくれや」

そう言い残して、ミヒャエルは去っていった。

最後までつかみ所のない男だった。

そんな背中を見送って、ザガンはどっと背もたれに身を預けた。

「大浴場が間に合いそうで、よかったな」

ミヒャエルは片を付けると言ったが、そう簡単に済む話だろうか。

きっと、これから心を休める場所が必要になる。ザガンにも、ネフィにも、それ以外の配下たちにも。

◇

城を出て森に入ると、そこにネフィはいた。どうやら神霊魔法《しんれいまほう》の訓練中のようで、オリアスと向き合って立っている。

ミヒャエルが来たとき、ネフィは当然のように応対しようとしてくれた。しかしステラのこともあってろくな会話にならないのは目に見えていた。だからオリアスとの時間を楽しんでもらうことにしたのだ。オリアスとミヒャエルを会わせると面倒なことになりそうだ、という理由もあったが。

ネフィは目を閉じて古びた箒《ほうき》を掲《かか》げていた。〈アザゼルの杖《つえ》〉である。木々の隙間《すきま》から差し込む細い陽光は剣のようでもあり、見ていると心が洗われるような厳《おごそ》かな姿だ。教会の司祭どもが見たら奇跡《きせき》の顕現《けんげん》とか言って騒《さわ》ぎそうなほどである。

もちろん、そんな取り巻きは不要なので処分することになるだろうが、ザガンの目にはそう映っていた。

思わず見惚《みほ》れていると、愛《いと》しい少女がピクッと耳の先を震《ふる》わせた。

「ザガンさま?」

〈杖〉の力だろうか。訓練の邪魔《じゃま》はしたくなかったので気配は殺していたのだが、ネフィはこちらに気付いて振り返った。

ザガンは軽く手を挙げて返すが、なぜかネフィはギョッとしたように尖《とが》った耳の先を大きく震わせた。

「すまんな。邪魔をするつもりはなかったんだが」

「いえ、そんなことは。……あの、ミヒャエルさまとなにかあったのでございますか？」

「ああっと……大丈夫《だいじょうぶ》だ。ちょっと出かけてくる」

できるだけ自然に答えたつもりだったのだが、ネフィはなぜかはらはらするように表情を曇《くも》らせてしまう。

それから、背後のオリアスを振り返る。

「こちらはかまわないよ。行ってやりたまえ」

なんのやりとりか、オリアスは背中を押《お》すように頷く。

するとネフィは大事そうに箒を抱えて、ザガンの前に駆け寄ってきた。

「あの、よろしければわたしもごいっしょしても……いいえ、そうではありませんね。えっと……」

思い直すように首を横に振ると、改まった様子でザガンを見上げる。

そしてワンピースの裾《すそ》を持ち上げ、うやうやしく腰を折ってこう言った。

「これから、デートに行きませんか？」

せっかくのネフィの提案に、ザガンは考えるように頷く。

「ふむ、デートか……ほわっ？　デ、デデデート？」

デートに行くのは初めてではないが、ネフィの方から誘《さそ》ってもらったのは初めてだ。

というか根本的にザガンが無茶《むちゃ》を振ってはネフィが応《こた》えているのだ。彼女《かのじょ》からなにかに誘ってくれること自体が初めてかもしれない。

――デ、デートってそんないや誘ってくれたのは嬉《うれ》しいけどなんでこのタイミング？

これから出かけると言っているのに、それを無視してこんな提案をするネフィではないはずなのだが。

あわあわと手を震わせて動揺《どうよう》するザガンに、ネフィは耳を真《ま》っ赤《か》にさせて微笑《ほほえ》む。

「ふふふ。驚いてくださったのなら、勇気を振り絞《しぼ》った甲斐《かい》があります」

「そ、それはもちろん驚いたし嬉しかったが、どうしてまた？」

困惑するザガンの頰《ほお》に、ネフィが触《ふ》れてくる。

「ご自覚がなさそうですが、ザガンさまはひどい顔をなさっていますよ？　ですから、その……ショック療法《りょうほう》？　というのを、試《ため》してみようかと」

先ほどのミヒャエルの話だ。ザガンは自覚する以上に動揺していたらしい。ネフィはそれを敏感《びんかん》に見抜《みぬ》いていたのだ。

続いてネフィは古びた箒を差し出すと、それを腰の後ろに回してすとんと腰をかけた。魔術《まじゅつ》の働きはなかったはずなのに箒はひとりでに宙に浮き、そこに腰を下ろすネフィの足もふわりと地面から離《はな》れる。

「お母さまから、これで空を飛ぶ方法を教えていただきました。お出かけされるのでしたら、わたしがこれでお送りしようかと」

「そ、それでデートか？」

「はい。……その、ちょっと強引《ごういん》でしょうか」

言っていて恥ずかしくなったのか、ネフィは控《ひか》えめにザガンを見上げる。

「いや、すごくいいと思うぞ！　うん」

空を飛ぶなら魔術でできるし、なんなら転移魔術だってある。だがここでそんな風情《ふぜい》も情緒《じょうちょ》もないような方法を選ぶ愚者《ぐしゃ》がいるだろうか？　いやいない。むしろ邪魔をするならば〈魔王《まおう》〉や聖騎士長あたりでも始末できる。

箒に飛び乗る前に、ザガンはオリアスに顔を向けた。

「すまんオリアス。ネフィを借りるが、かまわんか？」

「娘がそうしたいというのなら、それがいま一番重要なことなのだろう。私に気を遣《つか》う必要はない」

男親か女親かで寛容《かんよう》さが異なるものなのだろうか。ラーファエルにもこれくらいの心の余裕《よゆう》を持って応えてやってもらいたいものだが、まあザガンにもできる気がしないので言っても仕方がない。

そう答えるオリアスに、ネフィも破顔する。

「ありがとうございます、お母さま」

「う、うむ……」

珍《めずら》しく、オリアスは困ったように視線を逸らすのだった。

それから控えめに手を振《ふ》り返す。

「気をつけるのだよ」

「はい。行ってきます」

気恥《きは》ずかしさを堪えて、ザガンはネフィの後ろ、箒にまたがる。

「ああっと、これは、こう乗るのであってるのか？」

以前、フォルが持ってきた絵本に出ていた魔女《まじょ》はこんなふうにまたがっていたが、ネフィは横向きに座《すわ》っている。というか絵本に箒でふたり乗りをするシーンはなかった。

ネフィはツンと尖った耳の先を震わせると、視線を逸らしてこう言った。

「えっと……その乗り方だと、落ちるかもしれませんし、抱《だ》きついていただいても……」

「だ、抱きっ？」

　ぶっちゃけまだオリアスが手を振っているのですごくやりにくいのだが、せっかく嫁《よめ》からそう誘ってくれたのだ。ザガンも意を決してネフィの腰に腕を回す。

「う、うむ。こ、こうか……？」

「ひゃうっ？　はわ、わ……はい。そんな、感じで」

　赤く染まった耳を小刻みに震わせ、宙に視線を彷徨《さまよ》わせながらネフィは頷く。

　――ネフィの体、細くて柔《やわ》らかい……というか髪《かみ》！　なんかいいにおいするしすべすべだしくすぐったいし！

　思えば膝《ひざ》の上に乗せたり乗せてもらうことはあっても、こんなふうに抱き合うことはなかった。初めての相乗りにザガンは激しく動揺した。

　恥ずかしいのはネフィも同じなのだろう――心臓の音がすごく速いし――キュッと唇《くちびる》を結んでから、ネフィは声を上げる。

「で、では、飛びます！」

　かけ声とともに、ザガンとネフィの体は天高く舞《ま》い上《あ》がった。

「ほう、これはなかなか……」

箒はひと息で城を見下ろせるほどの高度に浮上《ふじょう》していた。眼下の森が風に揺《ゆ》られてざわざわと蠢《うごめ》くのが妙《みょう》に新鮮《しんせん》に感じられる。

思わず感嘆《かんたん》の声をもらすと、ネフィも上機嫌《じょうきげん》に微笑む。

「ふふふ、お喜びいただけて、わたしも嬉しいです」

いつになく積極的なネフィに、ザガンも自然と顔がほころんだ。

「「…………」」

そして沈黙《ちんもく》。

ネフィに抱きついているという事実に言葉が出てこない。彼女の方も箒の操縦に集中しているのか、真っ赤になったまま口を開こうとしなかった。

箒は森の上を滑り、やがて街道《かいどう》が延びる平野へと出る。

ゆっくり進んでいるようでいて、それなりに速度はあるようだ。馬車や大の男の全力疾《ぜんりょくしっ》走《そう》くらいだろうか。ふわふわとした乗り心地《ごこち》が気持ちよくて、あまりそうは感じないが。

と、そこでネフィがついに「あ」と声を上げた。

「ど、どうした？」

「ええっと、お出かけって、どちらにでしょうか？　つい、キュアノエイデスに向かって

しまっていましたが」

そういえばザガンは目的地を告げていなかった。

「ああ、いやキュアノエイデスで大丈夫だ。少し、教会に用があってな」

「教会……シャスティルさんでしょうか？」

「まあ、教会のことならあいつに頼《たの》むのが手っ取り早いが、ネフテロスあたりでもいい」

義妹《ぎまい》の名前を挙げてから、ふと首を傾《かし》げる。

「そういえば、今日はまだネフテロスを見ていないな」

「はい。今日は教会にミヒャエルさまがいらっしゃるとかで、シャスティルさんの傍《そば》にいてあげると言っていました。たぶん、会談が終わったらこちらに来ると思いますが」

「なら行き違《ちが》いになったかもな。ミヒャエルのやつはさっきこっちに来たわけだし」

教会には先に顔を出したようだった。

まあ、あの〈魔王〉は基本的に駄目《だめ》なおっさんである。キュアノエイデスに来ることはシャスティルに告げていたらしいが、用件もわからなければザガンの城に来るかも定かではなかった。とうてい予測など立てようがない。

ザガンは苦笑《くしよう》する。

「ネフテロスもまめなものだな。その関心を一割でいいから、リチャードのやつにも向けてやればよかろうに」

「ふふ。シャスティルさんはいい人ですけど、ちょっと心配なところも多いですから。ネフテロスも気が気じゃないんだと思います」

「それに関しては否定できんな」

　基本的に職務中のシャスティルは有能だが、本質的にあの少女は極度のポンコツだ。それは希《まれ》に職務中でも顔を出す。仮にも〈魔王〉と対面するなら、傍にいてやらないと心配で仕方がないというのはわからなくもない。

　思い返して、ふと呟く。

「そういえば、今日は黒花たちも街に向かわせたのだったな」

「ああ、はい。お風呂の細かい買い出しでしたね」

　魔王殿《まおうでん》の大浴場は視察してきたが、そちらもやはり壊《こわ》れていて雰囲気《ふんいき》くらいしかわからなかった。風呂を好んで使うのは女性陣《じょせいじん》だろうし、城の中でも一般人《いっぱんじん》寄りのリュカオーン組三人を向かわせたのだった。

　黒花の名前に、今度はネフィが苦笑する。

「ということはシャックスさんもでしょうか？」

「ああ。距離《きょり》を取って尾行《びこう》するみたいなことを言っていたが、黒花相手じゃ意味はないだろうな」

盲目《もうもく》だった時期に研《と》ぎ澄《す》まされた聴覚《ちょうかく》や嗅覚《きゅうかく》は、いまのところは健在のようだ。バルバロスあたりでも尾行するのは難しいし、嗅《か》ぎ慣れたシャックスのにおいともなればなおのことだろう。その後ろを当然のようにゴメリが追跡《ついせき》していったが。

ネフィが困ったような声をもらす。

「……今朝、黒花さんからお洋服を預かりました」

「そうか」

ずいぶん前に、ザガンが買ってやった服で、なぜかシャックスが隠《かく》し持《も》っていたものでもある。

――ということは、結局〝力〟を選んだわけか。

ネフィに預けたということは、それを受け取る決心がついたということだ。そもそもその間の予備という意味もあって、先日も服を買いに行ったのだから。

「黒花さんは、やはり戦うつもりのようです」

「親子揃《そろ》って不器用なやつだからな。まあ、そうなるだろうとは思っていた」

「でも、いつか剣を握《にぎ》らなくてよい日が来るまで、とも仰《おっしゃ》っていました」

それは意外な答えだったので、ザガンは目を丸くした。

「……そうか。それはよかったな」

ネフィと黒花の間でいかなる会話があったのかはわからないが、きっと黒花の気持ちにもなにかしらの変化があったのだろう。

そう答えると、ネフィもはにかむように微笑んだ。

「はい。本当によかったです」

その声を聞いて、ザガンもわかったような気がした。

――ネフィが変わったような気がしたのは、黒花とのことがあったからかもな。

自虐癖《じぎゃくへき》があるわけではないが、ネフィにはどこか自己肯定力《じここうていりょく》の低いところがある。それが黒花の目の治療《ちりょう》をしてから、少し変わったような気がする。

こうも積極的に行動を起こすようになってくれたのも、それが原因なのだろう。

そんな変化をしみじみと感じ入りながら、ザガンはなにも気付かなかったような素振りで頷く。

「あとはシャックスの馬鹿《ばか》とそろそろ仲直りしてもらいたいもんだがな」

「そうですね……」

また沈黙。

だが、先ほどのそれとは違い、ネフィはザガンのことを待ってくれているのだと感じた。

「ああっと、だな」

「はい」

「さっき、ミヒャエルのやつが来たろう?」

「はい」

ザガンが応対しなくていいと言っただけで、ネフィもそれは知っている。

ただ、それでいまの気持ちをどう表せばいいのか、適切な言葉が見つからなくてまた黙《だま》ってしまう。

少し悩《なや》んでから、また続きを口にする。

「それで、マルクのやつのことを、少し聞けたんだ」

仕方がないので、起きたことをそのまま口に出す。

「どうやら、俺の親だか兄弟だか……いや、兄弟という線は薄《うす》いか、まあそういう人間との約束かなにかで俺を捜していたらしい」

当時のザガンは七歳かそこらだった。仮に兄弟がいたとしても、そんなガキとそう歳《とし》の変わらない子供がマルクのような男を動かすほどの影響力《えいきょうりょく》があったとは思えない。歳の離れた兄弟だったとしても、それがいまのザガンに接触《せっしょく》していないはずはないだろう。

つまるところ、ザガンの親なる存在が依頼していた可能性が高い。

「おかげで、やつが何者か少しわかった気はするんだが……。いや、なにが気に入らんのだろうな」

こうして言葉にしてみると、ただそれだけの話である。なにもおかしなことはないのに、いまの自分はなぜか失意を抱いている。

「すまん。やはりわからんな」

「いえ、わかりますよ」

ネフィは箒の進行方向に目を向けたまま、慰《なぐさ》めるようにそう言った。

「たぶん、ザガンさまは兄弟のように思われていたマルクさまとの間に、誰かの約束というものが挟《はさ》まっていたことで、裏切られたような気持ちになられたのでしょう？」

自分でも説明できない不明瞭《ふめいりょう》な気持ちを見事に言葉にされてしまい、ザガンは目を丸くした。

「そう、なのだろうか？」

「わたしには、そう聞こえましたよ？」

それからネフィは片手を箒から離して、ザガンの腕《うで》にそっと触れた。

「その人がどんな方なのかはわかりませんけれど、その方との約束がザガンさまとマルクさまを引き合わせてくださったのですよね？　なら、きっとザガンさまにとっても悪い方ではないのではないでしょうか」

「ふむ。肯定的《こうていてき》に捉《とら》えるのだな。なにか根拠《こんきょ》はあるのか?」

別にネフィを責めているわけではないのだが、いまのザガンにはそう思うことができない。だから、なにか助言がほしかったのかもしれない。

ネフィは心外そうに振り返り、それから仕方なさそうに微笑んだ。

「ザガンさまが教えてくださったんじゃありませんか。親という存在は、わたしやザガンさまがフォルをそう思うように、子を愛してくれているんだって」

ザガンは目を見開いた。

それから、苦笑する。

「そう、だったな……」

「ええ、そうですよ」

「だが、子はそんな親に反発を抱く時期があるものらしい」

反抗期《はんこうき》とかいうものらしい。幸いというかフォルにはまだそんな時期は来ていないが、世間一般《せけんいっぱん》の親というものはそうした年頃《としごろ》の子供に苦慮《くりょ》するものだと聞いた。

「つまり、ネフィはいまの俺がそういう時期だと言いたいのだな？」

「はわっ、いえ、そんなつもりでは」

「冗談《じょうだん》だ」

そう言って笑うと、ネフィはぷくっと頬を膨《ふく》らませた。

「……もう。ザガンさま、いじわるです」

「すまん。甘《あま》えさせてもらった。もう大丈夫だ」

ネフィは返事をしなかったが、ザガンの腕を引き寄せるように抱きしめる。

「……お返しです。今日はわたしが満足するまで甘えてください」

「手厳しいな」

「はい」

「では、もう少しゆっくり飛んでくれ。この速度ではすぐに街についてしまう」

ささやかな訴《うった》えに、ネフィはほのかに耳の先を赤く染めて、小さく頷《うなず》いた。

「陽が暮れてしまっても、怒《おこ》らないでくださいよ？」

すでにキュアノエイデスの街並みは見えてきていたが、ふたりを乗せた箒はどこまでもゆっくりと、ゆっくり……。

――甘、甘えっ？　ネフィの気が済むまで甘えるっ？

なんだかとんでもないことを言われたような気がする。

ネフィの方も『勢いに任せてとんでもないことを言ってしまいました』と言わんばかりに耳を真っ赤にしてぷるぷると震えている。抱きしめられた腕から心臓が早鐘《はやがね》を打っているのが伝わってきた。

前を向いているため顔は見えないが、すでに涙《なみだ》ぐんでいるだろうことがうかがえる。

(あああああああああああああああああああっあっでも好き！)

ふたりの心の悲鳴が、ゆるりゆるりとキュアノエイデスの空に響《ひび》き渡《わた》るのだった。

◇

「はー無理。マジ無理」

「デクスィア、任務《にんむ》放棄《ほうき》は死罪」

「そうは言うけど、アンタはアタシらがここでなにをすればいいか、わかってるわけ？」

「不明。デクスィアが聞いているのでは？」

「ずっといっしょにいたのにアタシだけ説明されるようなタイミングあった？」

「……アリステラは失望した。やはり自分で確認《かくにん》を取るべきだった」

「アタシが悪いみたいに言うのやめてくんない？」

キュアノエイデスに放り出されたシアカーンの配下ふたりは、途方《とほう》に暮れたように立《た》ち尽《つ》くしていた。

デクスィアは簡素な胸当てに短いスカート、臍《へそ》も肩《かた》も丸出しというラフな服装。腰《こし》の後ろには蛇腹剣《じゃばらけん》にもなる長剣《ちょうけん》が下がっている。アリステラの方は対照的に動きにくそうなフリルだらけのドレス姿だが、腰の後ろには無骨な偃月刀《シャムシール》が下げられている。

ころころ変わる表情と終始無表情。結んだ髪も右と左逆で、それを結ぶリボンも赤と青という、どこまでも正反対なふたりだがその顔だけは同じものだった。

ちょうど繁華街《はんかがい》のど真ん中だろうか。通りの向こうには教会の尖塔《せんとう》が見えている。手を繋《つな》いでいなければ、種族も階級も雑多な人混《ひとご》みに飲まれてすぐにはぐれてしまいそうだ。

アリステラはなにを考えているかわからないため、デクスィアは無表情な妹の手をギュッと握ってやる。実際のところどちらが上なのかはわからないが、デクスィアは自分の方が姉だと認識《にんしき》している。まあアリステラも自分を姉と思っているかもしれないが。

『キミたちに極秘《ごくひ》任務《にんむ》を与《あた》える』

あの嫌《いや》らしい笑い方をする〈魔王〉は、デクスィアとアリステラのふたりにそう告げた。

ビフロンスに従うのはシアカーンからの命令でもあるため、不服はない。

不服はないが、その極秘任務とやらがなんなのか聞かされぬまま、放り出されるのは困る。これではなにをすればよいのかわからない。なのに任務失敗の烙印《らくいん》を押されるのはさすがに不服である。

――ていうかあいつ、本当に気味が悪い。

こうして自分たちが傍を離れている間に、シアカーンに害を及《およ》ぼしているのではないかと不安に駆《か》られてしまう。

デクスィアがぼやいていると、アリステラは少し考えてから口を開く。

「ここは〈魔王〉ザガンの領地」

「ま、そうよね」

「〈魔王〉ザガンの下には複数の希少種が集っている。これを捉えるのでは、とアリステラは考える」

「……アタシらふたりだけで〈魔王〉にケンカ売るっての？」

さすがにそれは自殺と変わらないだろう。

使い捨てにされることも覚悟《かくご》はしているが、無意味に殺されるのは嫌だ。捨てられるならせめて主のための時間稼《じかんかせ》ぎなど、意味のある死に方をさせてほしい。

「うわっ、と、と……」

考え込んでいると、人混みに押し出されてたたらを踏《ふ》む。

「人が多すぎる。間引きすべき」

「ダメ。任務もわかってないのに聖騎士《せいきし》に目を付けられるのはヤバいって」

驚愕《きょうがく》。デクスィアが正論を口にした」

「アンタね……」

ため息を漏《も》らして、デクスィアはポケットからあるものを取り出す。街に放り出されるとき、ビフロンスから渡されたものだ。

「手がかりは、やっぱりこれかしらね」

「デクスィア。これは硬貨《こうか》という。大陸全土に流通しているもので、特別魔術に用いるような道具ではない」

「知ってるっつの」

そう。それは十数枚の硬貨だった。金貨が一枚、銀貨が三枚、銅貨が十枚。大きな街で一日遊ぶにはちょうどいいくらいの金額で、アリステラにも同じものが渡されている。数の並びや魔術的《まじゅってき》な意味を考えてみたが、これ自体は本当にただの硬貨だ。

陽《ひ》の光に透《す》かしてみるが、やはりなにも変化はない。

「それじゃあなんでこんなの渡されたわけ？」

「お小遣《こづか》い？」

「なんで〈魔王〉がお小遣いくれるのよ。呪《のろ》いかかってる方が理解できるわ」

そこで、アリステラのお腹《なか》がくうと鳴った。繁華街だけあって、あちこちから美味《おい》しそうなにおいが漂《ただよ》ってきているのだ。

「アリステラはお腹が減った」

「朝からなにも食べてないもんね」

ふたりの視線は当然のように手の平の硬貨に向けられる。シアカーンの忠実なしもべであるデクスィアたちは、自分の金銭というものを所持していなかった。

「これでなんか食べちゃう？」

「デクスィアは軽率《けいそつ》。なにがあるかわからないものを使うとか正気とは思えない」

「んなこと言ったって、ここでじっとしててもしょうがないでしょ？」

それはアリステラも同じことを思ってはいるのだろう。不承不承な様子ながら頷く。

「確かに」

周囲を見渡《みわた》す。

容赦《ようしゃ》なく焼いた肉のにおいを垂れ流す串肉屋《くしにくや》や、生唾《なまつば》がこみ上げるような果物の飲み物を売り出す露天《ろてん》。甘いデザートを並べる紅茶店など、弱者をいたぶるかのごとき誘惑《ゆうわく》がそこら中にあふれている。

自分たちはこんな恐《おそ》ろしいところにいたのかと、いまさらながら震えてきた。

「とりあえず、あの串肉行っとく？」

「デクスィアは浅はか。資金は限られている。余力があるうちに本丸《デザート》を攻《せ》めるべき」

「肉！」

「甘い物」

不毛な争いは長くは続かなかった。今度はふたり同時にお腹が鳴ってしまったのだ。

「はあ……。もうデザートでいいや。早くなんか食べよ？」

「意外。デクスィアから折れた」

「……別にいーでしょ」

ぷいっと顔を背《そむ》けながら、目に付いた紅茶店に入る。

「なっ、これは……！」

ふたりは同時に声を上げる。

なんと焼き菓子《クッキー》や氷菓子《アイスクリーム》を塔《とう》のように積み上げた、恐るべきデザートが展示されていたのだ。店主は魔術師《まじゅつし》なのだろうか。氷菓子は溶《と》けることなく艶々《つやつや》とした甘そうな光沢《こうたく》を放っている。

喉《のど》がこくりと鳴る。気がついたときには、ふたりはデザートを指さしていた。

「これください」

「はいよ！　ひとつでいいかい？」

「は？　ふたりいるんだからふたつに決まってんでしょ」

「……いやこれ、嬢《じょう》ちゃんたちひとりでひとつ食えるようなものじゃないよ？」

店内を見てみれば、確かにこれが置かれているテーブルでは複数人でひとつを相手取っているようだ。

魔術師の胃袋《いぶくろ》を以《もっ》てすればこの程度の量は造作もないが、いまは目立つべきではない。

デクスィアとアリステラは顔を見合わせ、しぶしぶ頷く。

「じゃあ、ひとつで」

「はいよ！」

デクスィアが自分の金貨を店員に渡すと、アリステラは驚《おどろ》いたような顔をした。

「驚愕。デクスィアが自己犠牲《じこぎせい》に目覚めた？」

「アンタねえ、素直《すなお》に感謝とかしたらどうなの？」

アリステラは困惑《こんわく》したようにしばらくデクスィアを見ていたが、やがて蚊《か》の鳴くような声でこう言った。

「……ありがとう」

「ど、どういたしまして！」

狭《せま》い店内はなにかあったときに対処が遅《おく》れる。ふたりは通りに置かれている野外席を選んだ。席につくと、ほどなくして大きなデザートが運ばれてきた。

「「おお……」」

花瓶《かびん》と見紛《みまが》おう、とうてい食器とは思えぬ大きさのグラス。そこに座して見れば見上げるほどの、生クリームと氷菓子の積み上げ。なるほどこれはふたりでかかるに不足のない相手ではあった。

アリステラと頷き合うと、デクスィアはスプーンを手に取った。

「甘い！　なんなのこれ。こんな甘いのでこの量とかバカじゃないの？　甘っま――……ってちょっとアリステラ！　こっちはアタシの分よ！」

「そんな決まりはない」

歓喜《かんき》の声を上げるデクスィアとは対照的に、アリステラは黙々《もくもく》とスプーンを動かし反対側まで手を伸《の》ばしていた。

——ま、いっか。

デクスィアはぐいっとアリステラの方にデザートの器を押しやった。

「アタシの分、ちゃんと残しといてよね」

「……？　今日のデクスィアはおかしい。死ぬの？」

「なんでそうなんのよ！」

怒声《どせい》を上げてしまったものの、別にケンカがしたいわけではないのだ。

デクスィアはテーブルに肘《ひじ》をついて、独り言のように呟《つぶや》く。

「こないだのあれ。アンタ、アタシのこと庇《かば》ったでしょ？」

「なんの話？」

キョトンとして首を傾げるアリステラに、デクスィアは唇を尖らせる。

「ラジエルの宝物庫のときよ。ほら、あのガキんちょ始末したら、女の方が本気出してきたじゃない」

女騎士《おんなきし》の凄《すさ》まじい剣《けん》に、デクスィアは為《な》す術《すべ》もなく圧倒《あっとう》され、剣を弾《はじ》き落とされてしまったのだ。それを、アリステラが庇ったせいで彼女は重傷を負う羽目になった。

デクスィアが女騎士を、アリステラが少年騎士を相手にしていたはずなのに。

——〈アザゼル〉のときの〝あいつ〟よりヤバかった……。

かつて教会暗部〈アザゼル〉を潰《つぶ》したとき、ひとりだけ異様に強い女がいた。猫獣人《ねこじゆうじん》らしき双剣使《そうけんつか》いで、シアカーンから切り札にと授《さず》けられていた禁呪《きんじゆ》まで使って、なお仕留めきれなかった。

宝物庫の女騎士にはその禁呪すら初見で粉砕《ふんさい》されたのだ。

アリステラはスプーンの手を止め、小首を傾げる。

「覚えてない」

「そんなわけないでしょ？　アンタ、もう少しで死んじゃうところだったんだからね」

「覚えてないけど、もしそうしたのならアリステラはそれが合理的だと判断した」

デクスィアはアリステラをじっと睨《にら》み付《つ》ける。アリステラは誤魔化《ごまか》すようにスカートのフリルをいじり始める。とぼけているときの癖《くせ》だ。

小さくため息をもらす。

「ま、アタシはそう感じたのよ。だから、これで貸し借りなしだからね！」

そう言い捨てるデクスィアに、アリステラは逆にデザートの器を押し返す。

「心当たりがない。だから、デクスィアも食べればいい」

「……ふん。こんなこと、もうしてあげないんだから」

デクスィアは気恥ずかしさを誤魔化すようにスプーンを動かす。

しばらくそうして、デザートの量が半分ほどになったころだった。

「デクスィアは、アリステラが死ぬことで不利益がある？」

「はあ？　そんなの……」

答えられなかった。不利益とかそういうものではないのだ。なんというか、半身のようなこの少女がいなくなることが耐《た》えられそうにないのだ。

「アリステラには、わからない」

「ふーん、ならなんでアタシを庇ったりするわけよ」

「……わからない。でも、たぶん、嫌だと思ったから」

肩を落とす少女に、デクスィアも呆気《あっけ》に取られた。

「じゃあ、それでいいじゃん。アタシだってそう思ったたってだけよ」

デクスィアはこれからもシアカーンのために、たくさん殺さなければならない。

そのとき、アリステラが隣《となり》にいてくれなければならないのだ。たぶん、アリステラがいないとデクスィアは戦えない。普段《ふだん》、どれだけケンカをしていても、自分にとってアリステラはそういう存在なのだ。

なのに、アリステラは困ったようにうつむくばかりだった。

「ああもうっ、めんどくさいこと考えるのはやめやめ！　さっさと食べて、さっさと殺そう？　それでさっさとシアカーンさまのところに帰るの」

誰《だれ》を殺せばいいのかはまだわからないが、自分たちにはそれしかできないのだ。

なのに、アリステラはまた同じ言葉を繰《く》り返《かえ》す。

「……わからない。わからなく、なった」

「なによ――」

言葉の続きを促《うなが》そうとした、そのときだった。

「てめえっふざけんなよ！」

怒声とともに、ふたりのテーブルに男が転がり込んできた。どうやらケンカでもあったようだ。

食べかけのデザートが宙を舞う。

「嗚呼《ああ》……！」

悲痛な悲鳴が響く。

普段なら魔術で受け止めることなど造作もないのに、アリステラの様子に困惑していて反応が遅れてしまったのだ。

べしゃりと、せっかくのデザートが地面に潰れた。

「ぶっ殺すわよ！」

「ダメ、デクスィア」

腰の長剣に手をかけると、なぜかアリステラが止めてきた。

それからハッと我に返る。

――そうだった。いまは、目立つわけにはいかない。

だがすでに声は上げてしまったのだ。倒《たお》れ込んできた男も、デクスィアが剣に手をかけているのを見て剣呑《けんのん》な声を上げる。

「んだこのガキ！　なに見てやがんだ」

面倒《めんどう》なことになってしまった。

男は傭兵《ようへい》かなにかのようで魔術師には見えないが、腰には剣を下げていて腕《うで》っ節《ぷし》でものを言うことしかできない人種であることがうかがえる。

そんな雑魚《ざこ》を殺すのは簡単だが、それをやってしまうと聖騎士や〈魔王〉ザガンの目に留《と》まってしまう危険が高い。実際、宝物庫の一件で顔を見られた可能性も高いのだから。

呻《うめ》いていると、凛《りん》とした声が響いた。

『ちょっとそこのやつ、なにを採《も》めてるの？』

それは静かで、ともすれば優《やさ》しげでさえある声だったはずなのに、耳にした瞬間《しゅんかん》ひれ伏《ふ》してしまいそうな威圧感《いあっかん》が込められていた。

声の主は、銀色の髪をしたエルフの少女だった。教会の関係者だろうか。隣には若い聖騎士が付き添《そ》っている。

――魔術《まじゅつ》がかき消されたっ？

魔術というものは根本的に魔《ま》法陣《ほうじん》を描《えが》き、長大な詠唱《えいしょう》を必要とする手間の多い技術である。それゆえ魔術師というものは即座《そくざ》に魔術を放てるよう、常にいくつかの魔術を非稼働《ひかどう》状態《じょうたい》で持ち歩いている。

そんな持ち歩き用の魔術が、いまのひと言で吹《ふ》き散《ち》らされたのだ。

「まさか、言葉に魔力《まりょく》を乗せてるの……？」

正体に気付いて、デクスィアは戦慄《せんりつ》する。

デクスィアたちには知る由《よし》もないことだが、それはザガンがオリアスと対峙《たいじ》したときに用いた魔術である。

ウォルフォレがザガンから与えられた力を己《おのれ》のものとして《神音》へと発展させたように、この少女もまたオリアスを師事しながら力を手に入れていたのだ。それはすでに気の弱い者どころか、並みの魔術師でも卒倒《そっとう》しかねないような魔力だった。

さらに恐るべきは周囲の民衆に怯《おび》える様子がないことだ。こんな攻撃《こうげき》を男とデクスィアたちだけに向けて放ったのだ。恐るべき精度の魔術である。

傭兵の男はガタガタと震《ふる》え、後退《あとずさ》る。

「ひっ、なんだてめえ……いや、あなたは……」

先ほどの威勢《いせい》はどこへやら、無様としか言いようのない有様だが、デクスィアはそれを笑えなかった。むしろ気を失っていないだけこの男は強い部類なのだろう。

──動けない……っ！

アリステラも同様だった。

いくらエルフとはいえ、本来ならデクスィアとアリステラのふたりなら勝ち目がないことはないはずだ。だが手持ちの魔術を粉砕されてしまった。戦う以前の段階で無力化されてしまったのだ。

男が戦意《せんい》喪失《そうしつ》しているのを確かめると、エルフの少女はくいっと顎《あご》をしゃくる。

「やる気がないなら失《う》せなさい。店に賠償《ばいしょう》してからね」

「は、はひっ！」

男は近くにいた店員に金貨の入った袋《ふくろ》を押《お》しつけると、脱兎《だっと》の勢いで逃《に》げていった。

それから、エルフはデクスィアたちに目を向ける。

──マズい。

逃げることはできるかもしれない。だが、無傷で切《き》り抜《ぬ》けるのは不可能だろう。このエルフにはそれだけの力がある。

思わず身を強張《こわば》らせると、エルフの少女はそっと手を差し出してきた。

「あんたたち、大丈夫《だいじょうぶ》？」

「え……？」

意味がわからなくて、デクスィアは頷く。

「えっと、うん」

「そ、なら変な気を起こさないでね。今日は聖騎士も魔術師もピリピリしてるから」

いまこの街に〈魔王《まおう》〉アンドレアルフスが来訪しているという情報は、当然のことながらデクスィアたちには与えられていない。

それでも、このエルフが自分たちを助けてくれたのだと気付いた。

自分たちが魔術師であることは、見る者が見ればすぐにわかることだ。このエルフはそんな〝よそ者〟の魔術師がトラブルに巻き込まれるのを防いでくれたらしい。

デクスィアはエルフの手を取らず、顔を背ける。

「よ、余計なお世話だっつーの。アタシらもトラブル起こす気はないし？」

「あ、そう。そっちの子も大丈夫？」

微塵《みじん》も興味がなさそうにそう言うと、エルフはアリステラの方にも手を差し出す。

デクスィアの方が前に出る形になっていて気付かなかったが、アリステラはぺたんとへたり込んでしまっていたのだ。

アリステラは困ったように視線を彷徨《さまよ》わせるが、やがて怖《お》ず怖《お》ずと手を握り返した。

「感謝を――っ？」


ミシッと、世界が軋《きし》むような音が響いた。

エルフの少女は突《つ》き飛《と》ばされたようにたたらを踏み、アリステラも手を弾かれる。

「アリステラ！」

「ネフテロスさま！」

すぐにアリステラの肩を支える。エルフの少女も傍《そば》にいた聖騎士に受け止められ、倒れずにすんだようだ。

「いったいなにが……」

「だ、大丈夫。たぶん、静電気かなにかよ……」

聖騎士が腰の剣を意識したのを見て、エルフは弱々しく首を横に振《ふ》る。

アリステラの方もなにが起こったのかわからないという顔で呆《ほう》けている。デクスィアの目にはどちらかがなにかを仕掛《しか》けたようには見えなかったが。

「ちょっと、アリステラ。アンタ大丈夫？」

「……大丈夫。なんともない」

アリステラも困惑しながらなんとか頷く。無表情のこの少女が見てわかるほど動揺《どうよう》しているのだからよほどである。

――なんかの共鳴みたいな感じだったけど……。

エルフ同士や〈魔王〉同士ならなにかの共鳴みたいな現象があるのかもしれないが、アリステラとエルフの間にそんな共通点はない。

（アンタ、本当になにもされてないわけ？）

（たぶん。アリステラも、なにもしてない）

お互《たが》い困惑しながら、アリステラもなんとか立ち上がる。

聖騎士から厳しい警戒《けいかい》の目を向けられるが、デクスィアたちにここで騒《さわ》ぎを起こすメリットがないこともわかっているのだろう。やがてエルフの少女の方が口を開く。

「なんともないなら、ここを去った方がいいわよ。いま、この街には厄介《やっかい》なやつが来てるから」

「厄介なやつ……？」

エルフは答えず、去っていってしまう。

「なんなのよ……っ？」

その背中を見送っていて、デクスィアは我《わ》が目を疑った。

エルフの足下《あしもと》に広がる影《かげ》が、異形に歪《ゆが》んだように見えたのだ。ごしごしと目をこすってもう一度確かめると、そのときにはもう見えなくなっていたが。

——見間違《みまちが》い……かしら？

その疑問に答えてくれる者がいるはずもなく、デクスィアが立ち尽くしているとアリステラが手を引っ張ってきた。

「デクスィア、ここを離《はな》れるべき」

ハッと我に返ると、周囲の人々から注目されていた。

デクスィアたちは〝よそ者〟で、しかもいまの相手はエルフだった。エルフが街で目立たないはずはなく、しかも聖騎士連れだったのだ。

――確かに、ここにいるのはマズいわね。

ふたりの少女は人混みをかき分けるようにして走っていった。

◇

「――いやー、いっぱいおまけしてもらっちゃったッスね！」

両腕《りょううで》に荷物を抱《かか》え、隣のセルフィがほくほくの笑顔《えがお》で言う。反対側の隣にはリリスがいて、黒花を中央に三人並んで歩いていることになる。

黒花の服装は、先日ザガンたちに買ってもらったリュカオーンの軍服である。執事服《しつじふく》とも呼べるようだが、おかげでラーファエルと話せる機会が増えて嬉《うれ》しくもあった。

手には仕込《しこ》み杖《つえ》もある。目が見えるようになったいまでは無用の長物だが、戦うためには短剣《たんけん》が必要だ。この服装にはミスマッチではあるが、アルシエラからもらったドレスよりは合うだろう。あれもいずれお礼を言って返さなければならないが。

ひと通り買い物を終えて、キュアノエイデスから城へ帰路につくところだった。

「セルフィ、あまり余計なものを買って、あとでお兄さんに叱《しか》られても知りませんよ？」

黒花たちは大浴場に飾《かざ》る装飾品《そうしょくひん》などの買い付けに来たのだった。彫像《ちょうぞう》などの大きな荷物は業者に送ってもらうことになったが、手桶《ておけ》や石鹸《せっけん》などの細かいものをたくさん買い込んだ。そこで気の良い店主がずいぶんおまけをつけてくれたのだ。

——こういうの、城主のおにいさんやネフィさんがするべきだと思いますけど。

〈魔王〉の城の内装を、最近転がり込んできたばかりの黒花たちが選んでしまって、本当にいいのだろうか。

頭を悩ませていると、セルフィは上機嫌《じょうきげん》で言う。

「大丈夫ッスよ！　ザガンさんは細かいこと気にしないいし、お仕事がんばってればご褒美《ほうび》ってことにしてくれるし！」

「王さまがそうでも、ネフィさんは怒るかもよ？」

ぼそっと呟いたリリスの指摘《してき》に、セルフィは硬直《こうちょく》した。

「え……いや、はは、大丈夫……ッスよ。きっと、怒らない、スよね？」

セルフィが青ざめてぷるぷる震え出したことで、黒花も目を丸くする。

「ネフィさんが怒ることなんてあるんですか？」

まともに話すようになったのは目の治療《ちりょう》が始まってからだが、それまでも遠巻きに意識を向けることはあった。いつでも温厚《おんこう》で、静かにザガンの傍に寄り添っているのがネフィだ。とてもではないが、彼女《かのじょ》が怒っているところなど想像が付かない。

リリスが肩を抱《だ》いて震え上がる。

「王さまを侮辱《ぶじょく》するようなこと言うと、普通《ふつう》に怒るわよ？」

「侮辱しちゃったんですか？」

「そ、そんなつもりじゃなかったわよ！　ただ、その……ほら、アタシ、口悪いから」

そういえばリリスとネフィが出会ったのは、リュカオーンの海底都市アトラスティアだった。あのときザガンの身に異変が起こっていたこともあり、ネフィもピリピリしていたような印象はあった。

そのときになにかトラブルがあったらしい。

「だ、大丈夫ですよリリス。ネフィさんだって、いまも怒ってるわけではないでしょう？」

「わ、わかってるわよ」

まあ、普段温厚《ふだんおんこう》な人間ほど怒ると怖《こわ》いという話がある。

「あと、ゴメリ姐《ねえ》さんがよく叱られてるッス」

「ゴメリさんは……まあ、そうなんでしょうね」

先日も服屋でおもちゃにされたところである。

ザガンが腹心に召《め》し抱えるほどなのだからきっと有能なのだろうけど、黒花も関《かか》わりたくない相手だった。

——今日も、ついてきてるみたいですけど……。

護衛のつもりなのか、少し離れた位置からこちらを見ているのがわかる。ちなみにさらにその少し手前にはシャックスの気配もある。

正直、いつまでもこんな距離《きょり》で歩いていたくはないのだが、ザガンの心遣《こころづか》いも虚《むな》しく未《いま》だに黒花は彼《かれ》とまともに話せないでいた。大浴場の相談などで、隣で話す機会はあったというのに……。

そんな様子に、リリスが気付かないはずもない。チラリと後ろに視線を向けながら、呆《あき》れたように言う。

「というか黒花、いつまであの人放っとくつもりなの？」

「あ、あたしが無視してるわけじゃ……」

とはいえ、向こうもラーファエルに睨まれては、まともに声をかけられないというのはあるのだろう。

——それにしたって、ひと言くらいなにか言ってくれてもいいのに……。

自分の好意がひどく一方的なもののような気がして、なんだか自信がなくなってしまうではないか。

「はあ……」

思わずため息がもれる。

そんな黒花に、リリスが慰《なぐさ》めるような顔をしたときだった。黒花の三角の耳がピクッと震えた。

「――っ、リリス、止まって」

「え？」

慌《あわ》ただしい足音が聞こえて、黒花は声を上げる。

一瞬《いっしゅん》遅《おく》れて、建物の陰《かげ》から小さな人影《ひとかげ》が飛び出してくる。そちら側にいたリリスは足を止めたおかげでぶつからずにすんだが、人影はこちらに気付いても足を止めなかった。

「ふえ？」

「――っ？」

セルフィも足を止めていたが、黒花たちより一歩分前に出てしまっていた。そのせいで人影とまともにぶつかってしまう。

腕《うで》から買《か》い物袋《ものぶくろ》が放《ほう》り出され、セルフィも仰《あお》向《む》けにひっくり返ってしまう。

「セルフィ！」

黒花は仕込み杖から手を離し、左腕《ひだりうで》でセルフィの背中を支える。続いて宙に放り出された買い物袋を右手で受け止める。そこで支えを失った仕込み杖がゆっくりと倒れ始めるが、それを二股《ふたまた》に分かれたしっぽでしゅるりと絡《から》め取《と》った。

「……ふう」

黒花・アーデルハイドは極度の不運体質ではあるが、シャスティルと違《ちが》うのは別にドジというわけではない点だった。

あまりの素早《すばや》さに呆気に取られつつ、リリスが拍手《はくしゅ》を送る。

それから、黒花はぶつかってきた相手に目を向けた。さすがにひとりではセルフィしか支えられなかったのだ。

「大丈夫ですか……？」

声をかけてから、気付く。

——あれ？　このにおい……。

人影の正体は二人組の少女だった。片方は胸当てと腰巻《こしま》きのようなラフな格好で、片方はアルシエラのようなドレス姿。セルフィとぶつかったのは胸当ての少女の方らしく、尻《しり》餅《もち》をついている。

ただ、そのにおいに嗅《か》ぎ覚《おぼ》えがあったのだ。

相手も黒花の顔に見覚えがあるようで、露骨《ろこつ》に顔を強張らせた。

「アンタ、〈アザゼル〉の……っ」

相手が誰なのか、瞬時《しゅんじ》に確信した。

――〈アザゼル〉で、最後に戦った魔術師！

黒花から目の光を奪《うば》った怨敵《おんてき》である。なぜこんなところに、などと疑問を抱く余裕《よゆう》はなかった。

「待って、デクスィア――」

ドレスの少女がなにか言いかけるものの、胸当ての少女が腰の長剣に手をかけ、引き抜き様に一閃《いっせん》する。

――体勢が、不利……！

黒花の行動は素早かった。

「セルフィ、投げます」

「へ……？」

買い物袋をセルフィに押しつけると、そのまま剣の間合いの外へと放り投げる。

だが間合いにはリリスもいるのだ。非戦闘員《ひせんとういん》の彼女はまだなにが起きたかわからないという顔で立《た》ち尽《つ》くしている。

セルフィを放り投げるのに両手を使ってしまった黒花は、仕込み杖からしっぽを解いてリリスのしっぽへと絡みつける。

「ひゅうんっ？」

リリスはしっぽが弱いのだ。腰《こし》が抜けたようにへたり込み、そのすぐ頭の上を長剣《ちょうけん》が通り過ぎた。

最後に、無防備になった黒花の喉元《のどもと》へと切っ先が伸びるが、そのときには黒花も足から力を抜いて後ろに倒れ込んでいた。

不意打ちの一撃《いちげき》からふたり抱えての完全回避《かんぜんかいひ》。胸当ての少女も驚愕に目を見開いた。

しかし黒花も幼馴染《おさななじ》みを巻き込まれているのに、黙《だま》って攻撃を許すほど温厚ではない。

「——っ、この！」

後ろに倒れながら、つま先で仕込み杖を蹴《け》り上げる。

鋭《するど》く回転した石突《いしづ》きが、少女の顔面を打《う》ち据《す》えた。

「あぐ——」

悲鳴を上げて少女が仰《の》け反《ぞ》るが、次に身を強張らせたのは黒花の方だった。

仰け反る少女とすれ違うように、もうひとりドレスの少女が駆《か》け込んできていた。言葉すら交《か》わさずに互いの意図を汲《く》んだらしい。恐るべき連携《れんけい》だった。

手には二振《ふ》りの偃月刀。その瞳《ひとみ》は、月のような金色の瞳――魔術の魔眼《まがん》。

あの瞳には見覚えがある。目の光を失う前、最後に見たのがあの瞳だったのだ。

仕込み杖は手放してしまった。セルフィとリリスを守って、完全に姿勢を崩《くず》してしまっている。まったくの無防備である。

今度は、死――

「クロスケ！」

金色の視界を遮《さえぎ》るように、大きく温かいものが覆《おお》い被《かぶ》さってきた。

一歩遅れて、鈍《にぶ》い衝撃《しょうげき》。生暖かいものが、黒花の顔にかかる。

「シャックス、さん……？」

それがあの不器用な男であることは、においと感触《かんしょく》ですぐにわかった。黒花を抱きしめるその背中に、偃月刀の一方が突き刺《さ》さっていた。

「あ……」

動揺の声を漏《も》らしたのは、黒花ではなかった。他《ほか》ならぬ偃月刀を握《にぎ》った少女が、まるで友人でも刺してしまったかのように震えていたのだ。

「なにやってんのアリステラ！　離れるわよ」

ドレスの少女が偃月刀を引き抜き、距離を取る。

同時に、シャックスの体から力が抜けて倒れ込んでくる。

「シャックスさん、どうして……」

どうしてもなにもない。彼がこういう男であることなど百も承知だったはずだ。

背中からたくさん血が流れている。それを必死で押さえていると、シャックスがポンと頭を撫《な》でてきた。

「悪いな、服、また汚《よご》しちまった……」

「なに言ってるんですか。そんなの……」

「あっちの服のことも、悪かったな。お前が大事にしてたの、知ってたから、どうにかして、返して、やりたかったんだが……」

黒花はシャックスの胸に顔を押しつける。

「やめてください。そんなこれで最後みたいに言うの」

それから、視線を横に動かす。

先ほど宙に放り出したセルフィは地面に落下することなく、美しい魔術師に抱き留《と》められていた。見ればその足下にリリスもへたり込んでいる。

シャックスと同じく近くにいた《妖婦《ようふ》》ゴメリだ。

「どれ、助けが必要かの？」

「……はい。シャックスさんをお願いします」

致命傷《ちめいしょう》は免《まぬが》れたようだが、浅い傷でもない。いまは立ち上がることもできないだろう。

「待てクロスケ」

「大丈夫ですよ、シャックスさん。あたし、これでも結構強いんですから」

特に、いまの黒花は誰にも負けない。

退く気がないと悟《さと》ったのか、シャックスは観念したように口を開く。

「さっきの〝眼《め》〟は見たな？　あれは――」

「――〈纏視《てんし》〉――視線を合わせた相手の精神を破壊《はかい》する禁呪《きんじゅ》、ですね」

かつてこのふたりと戦ったとき、使われた魔術である。〈天無月〉で防いでなお、黒花は目の光を奪われてしまった。凶悪《きょうあく》すぎることから、数百年前に禁呪に指定されたほどの魔術だった。

シャックスは額に汗《あせ》を浮《う》かべたまま頷《うなず》く。

「知ってるなら話は早い。見ての通り、あれは視線さえ合わせなけりゃ防げる」

先ほどの〈纏視〉はシャックスが庇ってくれたおかげで、黒花は無事でいられた。それを確かめる意味もあって、自分の体を盾《たて》にしたのだろう。本当に自分の命をなんだと思っているのか。

「禁呪なんてほいほい撃《う》てるもんじゃない。ドレスの方はもう品切れのはずだ。もうひとりの方に気をつけろ」

「はい」

とはいえ、達人になればなるほど、相手の目を見て動きを読んでしまうものである。視力を取り戻《もど》してしまったがゆえに、黒花もそうなりつつある。正面から戦うのに視線を合わせないというのは至難の業だった。

それでも、黒花は地面に投げ出された仕込み杖の前に立つ。

これを拾えば隙《すき》ができる。少女ふたりもそれを待っているのだろう。それぞれ剣を握って体を緊張《きんちょう》させていた。

「つまり、これってこういう任務だってことよね？　アリステラ」

「違う。デクスィア。アリステラは撤退《てったい》を提案する。アリステラたちはたぶん、間違《まちが》えた」

「なにを間違えたってのよ。……どの道、あいつを始末しないと逃げるのも無理でしょ」

リリスとセルフィ、一般人《いっぱんじん》のふたりを平気で巻き込んだ上にシャックスまで傷つけられたのだ。当然、黙って見逃《みのが》す義理はない。

「話はまとまりましたか？」

静かに息を整えると、黒花は一歩前に踏《ふ》み出す。視線は少女の肩《かた》より上に向けてはならない。音とにおい、そして肌《はだ》の感覚から相手の動きを読むのだ。

「アーデルハイド流剣侍黒花・アーデルハイド――参ります」

教会の暗部〈アザゼル〉でもなく、〈魔王〉ザガンの配下でもなく、剣侍《けんし》――それがリュカオーン伝説にある〈銀眼の王〉に連なる一族としての名だった。

トンと地面を踏み鳴らす。

石突きを踏みつけられ、仕込み杖がひとりでにふわりと立ち上がる。それを合図に、胸当ての少女が長剣を振るった。

間合いの遙《はる》か外。にも拘《かか》わらず、その刀身が伸びる。

――蛇腹剣《じゃばらけん》。

以前戦ったときにも見た剣である。しかしその不規則な動きと間合いはとうてい人の目で見切れるものではない。

「え――っ？」

そんな蛇腹剣は、黒花の前髪《まえがみ》を浅く薙《な》いだだけだった。

あたかも剣の方が黒花を避《さ》けたかのような現象。目の光を失った黒花が手に入れた超知《ちょうち》覚《かく》である。

そのまま何事もなかったかのように仕込み杖を握ると、抜剣を許さぬと言わんばかりにドレスの少女が踏み込んでくる。

双剣が黒花の首と胴《どう》を切り離すように振るわれるが――

「――っ、止めた？」

傾《かたむ》けられた仕込み杖は、左右から迫《せま》る刃《は》を綺麗《きれい》に受け止めていた。

そのままくるりと仕込み杖を回転させると、偃月刀は堪《たま》らず弾《はじ》かれる。そして、そのときにはすでに抜剣《ばっけん》が完了《かんりょう》していた。

背後でゴメリが口笛を吹く。

「きひっ、まるで舞《まい》じゃのう。防御《ぼうぎょ》の動きがそのまま攻撃に繋《つな》がっておるのか」

正面に立つドレスの少女が青ざめる。

「このっ、離れろ！」

胸当ての少女が再び蛇腹剣を振るう。

それもやはり独りでに黒花から逸《そ》れるように外れるが、その隙にドレスの少女が地面を転がって離れる。

「チッ、こいつ強い。距離とってやるわよアリステラ」

黒花の得物は短剣である。間合いは狭《せま》く、距離を取って戦うのは模《も》範的《はんてき》解答だ。彼女たちは剣士《けんし》ではなく魔術師《まじゅつし》で、しかもふたりいるのだから左右から挟撃《きょうげき》すればすぐにでも黒花を追《お》い詰《つ》めるだろう。

ただ、この場に於《お》いてはまったくの無意味だった。

「これが避けれる？」

蛇腹剣が文字通り蛇《へび》のような不規則な軌道《きどう》を描いて迫る。

いかに見切りが優《すぐ》れていようと、歩くようにゆっくりと動く黒花に避けられるものではなかった。

「黒花！」

まともに蛇腹剣で斬《き》り裂《さ》かれる黒花に、リリスが悲鳴を上げる。

「え……？」

だが、呆けた声を漏らしたのは蛇腹剣を振るった少女の方だった。

斬り裂かれた黒花の姿がかき消え、そのすぐ隣に別の黒花の姿があったのだ。

いや、そのふたつだけではない。揺《ゆ》れるようにゆるりと足を踏み出すたびに、蜃気楼《しんきろう》のように姿が霞《かす》み、幾人《いくにん》にも増えていくのだ。

「なによこれ……。こんな魔術、知らないわよ！」

「――アーデルハイド流剣技《けんぎ》〈朧夜《おぼろや》〉――魔術じゃありません。〝技〟です」

黒花の一歩に足音はなく、こうして目の前にいても気配は感じられない。その動きに緩《かん》急《きゅう》が加えられることで、見る者の目に残像を焼き付ける〝技〟である。

才能有る剣侍《けんし》が数十年の修練を重ねてようやく体得できるとされる秘伝だが、その凄絶《せいぜつ》な人生と再び取り戻した目の光により、十六歳《さい》の黒花はすでにその域に到達《とうたつ》していた。

いつしかふたりの少女は無数の黒花の残像に取り囲まれていた。

「では、行きます」

残像の黒花たちが一斉《いっせい》に短剣を振り上げる。実体がひとつだとしてもその刃を見切る術など存在しなかった。

「あ――ガッ」

「くうぅっ」

それでも少女たちは歴戦の魔術師なのだろう。それぞれ背中合わせに立って、なんとか致命傷を避ける。

「デクスィア、壁《かべ》」

「そうか！」

少女たちは剣を振り回しながら残像の中に飛び込み、なんとか〈朧夜〉から逃《のが》れる。その先にあるのは堅牢《けんろう》なレンガ造りの壁で、それを背に少女たちは身構える。

これなら確かに前だけに注意を向ければいい。そこで胸当ての少女は、さらに瞳に魔力を込めた。

「これならアンタもアタシの目を見ないわけにはいかないでしょ――〈纏視〉！」

その瞳が金色に染まった瞬間、黒花は右手を振るった。

シャックスの傷を押さえて止血した手である。

そこにたっぷりとこびりついた血は、狙《ねら》い違わず少女の顔に降りかかった。

「あぐっ？」

強い魔術ほど制約が多いものだ。〈纏視〉はその破壊力《はかいりょく》ゆえに相手と視線を合わせる必要がある。逆に言えば、視線を潰《つぶ》してしまえば避ける必要すらなくなる。

血糊《ちのり》で目を潰された少女は、無防備に突っ立っているだけのただの的だった。

「デクスィア！」

黒花が剣を振り上げると、胸当ての少女を突き倒してドレスの少女が覆い被さった。

その鼻先で、黒花の短剣はピタリと止まっていた。

「アリステラ、アンタ、なにやってんのよ！　どきなさい！」

「ヤダ」

カタカタと震える少女たちの姿に、黒花はため息をもらす。

そして、思いっきりその鼻面《はなづら》を殴《なぐ》りつけた。


「ひぐうっ」

「アリステラッ？」

悲鳴を上げる胸当ての少女を無視して、ドレスの少女の胸《むな》ぐらを摑《つか》み上げる。

「……あなたたち、まさかとは思いますけど、人を殺すのに自分たちが殺されないなんて都合のいいこと、考えてるんですか？」

黒花だって教会の暗部にいた。

故郷の恨《うら》みだと、たくさんの魔術師を殺してきた。

それはこれから黒花が背負って生きていかなければならない罪だ。

だが、ただの一度として自分は死なないなどと思って戦ったことはない。

それは同胞《どうほう》を見殺しにしたネフィだって同じだったはずだ。だから黒花はネフィに共感したし、尊敬できたのだ。

戦って果てるのが望みだったというのもあるが、命を奪うからには自分の命だって天秤《てんびん》にかけてきた。だから目の光を奪った相手にだって復讐《ふくしゅう》は考えなかった。

それがなんだこの茶番は。

互いにかばい合って人を殺そうなどと、殺し屋の風上にも置けぬ愚行《ぐこう》である。

地面に放り出されたドレスの少女に、今度は胸当ての少女が覆い被さる。

「ご、ごめんなさい。ごめんなさい、もうアンタは狙わないから、許して」

見下げ果てた命乞《いのちご》いを、黒花は軽蔑《けいべつ》した。

——あたし、こんな相手に負けたんですか……。

矜持《きょうじ》もない。美学もない。意気地《いくじ》もない。覚悟《かくご》もない。いくら腕が立とうとも、本当にただの子供ではないか。

黒花は背中を向けると、地面に捨てた鞘《さや》を拾い上げる。

「今回は見逃してあげます。一応、シャックスさんを殺さないでくれましたから」

ドレスの少女の腕なら、シャックスごと黒花を貫《つらぬ》くこともできたはずだ。それを止めたのは、単に動揺したからではないだろう。

この少女だって、迷いを覚える程度には自分たちに疑問を抱いていたのだ。

黒花が吐《は》き捨《す》てるようにそう言うと、胸当ての少女がドレスの少女に肩を貸し、ふたりは去っていった。

それからシャックスと、幼馴染みふたりに向き直る。

「ごめんなさい。怖い思い、させちゃいましたね？」

「ごめんなさい、じゃないわよぉ！」

「うわーん、黒花ちゃんー！」

体当たりのように飛びつかれ、黒花はその場にひっくり返る。

「無茶《むちゃ》しないでよ。死んじゃうかと思ったじゃない」

「そうッスよ。黒花ちゃんだって女の子なんスよ？」

心配をかけてしまったことに、黒花も困った顔をすることしかできなかった。

そこに、シャックスが手を差し出してくる。

「俺《おれ》としても、こういう無茶は今回限りにしてもらいたいもんなんだが……」

「あたしより無茶をしたシャックスさんに言われたくないです」

ぷいっと顔を背《そむ》けて、それでも手を握り返す。

「でも、助けてくれたのは、嬉しかったです」

ようやく、黒花は笑うことができた。

「くふうっ、これはよい愛《め》で力《りょく》！　ごちそうさまなのじゃ！」

隣《となり》でおばあちゃんがやかましくて、少し台無しだったが。

◇

「黒花さんたち、全員ご無事のようですね」

「ああ」

そんな光景を、ザガンとネフィは箒《ほうき》の上から見下ろしていた。

シアカーンの配下の存在には、街に入った時点で気付いていた。黒花たちが狙われる可能性も低くないため、デートを中断して監視《かんし》していたのだが、杞憂《きゆう》で済んだようだ。

――ビフロンスの気配は感じられなかったしな。

少なくとも、いまの戦いはビフロンスの意図によるものではない。シアカーンがなにか企《たくら》んだ可能性もなくはないが、だとしたらお粗末《そまつ》な話だ。仮に双子《ふたご》が黒花に勝てたとしても、ゴメリが黒花を守るし、さらにその上にはザガンの監視まであるのだ。

ザガンを出し抜《ぬ》いて黒花を攫《さら》うには手札が足りなすぎる。

恐《おそ》らくいまの戦闘は誰《だれ》も意図していない、偶発的《ぐうはってき》なものである。

――それにしても黒花のやつ、予想以上に強くなっているな。

シアカーンの配下は決して弱くはなかった。それを一蹴《いっしゅう》してなお、まだザガンは力を与《あた》えていないのだ。ここからさらに強くなるとすれば、あるいは〈魔王《まおう》〉にすら届く刃になるかもしれない。

――まあ、見ている方は堪ったものではないがな。

今日の黒花はなんの防具も身に着けていなかったのだ。多少動きにくくともアルシエラのドレスを着せておくべきだったかもしれない。本当に無傷で切り抜けられてよかった。

ネフィは逃《に》げていったふたりを視線で追う。

「あちらのおふたりはいかがされますか？」

「放っておけ。シアカーンの下に戻ってくれれば、いい目印になる」

お灸《きゅう》の方は黒花がたっぷり据えたようなので、これ以上の罰《ばつ》は必要ないだろう。あれは恐らく心の方もへし折られている。

それに、とザガンは目を細めた。

「……黒花のやつは気付かなかったようだが、どうにもきな臭《くさ》いからな」

「どうかなさいましたか？」

首を傾《かし》げるネフィに、ザガンはどう答えたものか迷う。しかしここまでいっしょに来たのだ。隠《かく》すのは〝ネフィに秘密は作らない〟というザガンの主義に反する。

悩《なや》みはしたが、ザガンはやがて口を開いた。

「〈アーシエル・イメーラ〉の日に、ステラのやつが小汚《こぎたな》いガキを連れてきたのを覚えているか？」

「はい。リゼットさんですよね」

頷くネフィに、ザガンは重たい口調でこう告げた。

「いまのふたり、リゼットにそっくりだった」

「……！」

ネフィも思わず振《ふ》り返《かえ》ってザガンの顔を見る。

とはいえ〈アーシエル・イメーラ〉のときリゼットは泥《どろ》と垢《あか》で小汚い顔をしていた。においだって酷《ひど》かったし、黒花が気付かなかったのも無理はない。一時とはいえ、あの少女たちに同行していたラーファエルあたりでも気付かなかったくらいなのだから。

それでも、同じ裏路地出身のザガンが見紛《みまが》おうはずはない。

ネフィが記憶《きおく》を確かめるように呟《つぶや》く。

「そういえば、あの日ステラさまはリゼットさんが襲《おそ》われていたから、保護したとおっしゃっていました」

「なるほど、点は繋がっているわけか」

これでシアカーンと無関係ということはないだろう。

――考えられるのはリゼットもシアカーンの配下だということだが……。

それにしては魔術《まじゅつ》についてまったくの無知だった。それになぜあの双子と同じ顔なのかというのも気に掛《か》かる点だ。

ネフテロスのようにホムンクルスである可能性もゼロではないが、自我《じが》のあるホムンクルスというものは何人も作れるものではない。それにザガンなら、ホムンクルスかどうかは〝視《み》れば〟わかる。となると別のなにかなのだろうが……。

「ステラのやつに、忠告しておく必要があるな」

ミヒャエルの話通りなら、ステラはいま聖騎士《せいきし》たちの本部にいる。未熟な新米も多いとはいえ〈魔王〉でも軽率《けいそつ》にちょっかいを出せる場所ではない。ひとまずは安全だろう。

「しかし、気に食わんな」

「……？　あ、もしかして」

独り言のつもりだったのだが、ネフィは敏感《びんかん》に気付いてしまったようだ。

「ステラさまとリゼットさんが出会ったのも、ザガンさまと同じ……？」

「ああ。恐らく同じ裏路地だ。あのとき、俺が話したガキどもの中に、リゼットもいたからな」

ザガンがマルクの情報を集めるついでに、簡単な護身術を教えたときのことだ。

一度、あの場所を調べてみた方がいいのかもしれない。あまりにも因果な出会いが多すぎる。呪《のろ》われた場所である可能性も考慮《こうりょ》した方がいいだろう。

あの裏路地の兄弟たちが、これ以上妙《みょう》なことに巻き込まれるのは面白《おもしろ》い話ではない。

腹立たしさをため息とともに吐き出し、ザガンは言う。

「まあ、黒花の方はシャックスも大丈夫《だいじょうぶ》そうだ。教会に向かってくれネフィ」

「はい、ザガンさま」

デートがお終《しま》いになって、箒はすいすいと教会の上まで飛んでいった。

教会に到着《とうちゃく》すると、すぐに応接室へと通された。相変わらず三馬鹿《ばか》が睨《にら》んだりはしてきたが、さすがに聖騎士たちも慣れたのだろう。紅茶と焼《や》き菓子《がし》まで出される始末だった。

「みなさん、親切ですね」

「まあ、今日はネフィがいるからな」

ザガンひとりならこんな待遇《たいぐう》はない。

ほどなくして、シャスティルがやってきた。

「珍《めずら》しいな。あなたたちがふたり揃《そろ》って教会に来るのは」

言われてみれば、確かにザガンが用があるときはひとりだし、ネフィが友人として遊びにいくときは付いていかないようにしていた。

シャスティルは微笑《ほほえ》ましそうに笑う。

「ついに挙式する気になったのか？」

「き、きき挙式だとっ？」

「はわわわっ、その、まだわたしたち、早いというか……」

即座《そくざ》にしどろもどろになる〈魔王〉とその嫁《よめ》に、シャスティルも懐《なつ》かしそうに目を細める。

「まあ、それでこそあなたたちという気はするな」

——こいつ、職務中だとこんな口まで利《き》けるのか？

まさか〈魔王〉をからかう度胸まであるとは。

ザガンは動揺《どうよう》を堪《こら》えて鼻を鳴らす。

「ふん。そんな冗談《じょうだん》は自分が身を固めてから言うのだな。貴様ら〈アーシエル・イメーラ〉でもかみ合わん会話をしていただろうが」

「ふぐぅっ？　な、なななななんであなたがそれを知っているのだ！」

「なんでもなにもあれは俺の城だろうが」

「うわーん！〈魔王〉の城なんて行くんじゃなかったー！」

一瞬《いっしゅん》で職務中の顔が剥《は》がれ、ポンコツを露呈《ろてい》するシャスティルにネフィが慰めるように言う。

「落ち着いてくださいシャスティルさん。みんなちゃんとわかってますから。ザガンさまもいじわるしないであげてください」

「くうううううううっ」

ネフィの言葉でとうとうシャスティルは頽《くずお》れた。

——悪気がないのはわかっているが、トドメを刺しているぞネフィ……。

とはいえ、シャスティルをいじりに来たわけではないのだ。

気の毒に思いながらも、まだ意識が朦朧《もうろう》としているシャスティルをたたき起こすようにザガンは言う。

「シャスティル、今日は少し調べてもらいたいことがあって来たんだが」

「調べてほしいこと……？」

なんとか職務中の顔を再起動させ、シャスティルは立ち上がる。普段《ふだん》のポンコツでは話にならないが、こっちのシャスティルは本当に有能なのだ。

シャスティルが立ち直ったのを確かめて、ザガンは語りかける。

「クラヴェルとか言ったか？　やつは何年前からこの街の長《おさ》をやっていたのだ？」

この教会の枢機卿《すうききょう》は過去に聖騎士《せいきし》の暗殺なんてことをやっていたらしい。シャスティルがここの長に着任したとき、その暗黒の歴史は白日の下にさらされていた。行方不明者《ゆくえふめいしゃ》や不審死《ふしんし》を遂《と》げた者も明らかになっているはずだ。

シャスティルは記憶をたぐるように額を押《お》さえて言う。

「クラヴェル枢機卿……？　さて、正確な年代は調べてみないとわからないが、相当長い期間務めていたようだよ。私も含《ふく》めて三代もの聖騎士長《せいきしちょう》を見てきたくらいだからな」

「三代……？　となると、五年以上昔か。ではここの要職で行方不明、あるいは誰がついていたか不明になっているやつはいるか？」

質問の意図にネフィも気付いたのだろう。小さく息を呑《の》む。

「ザガンさま、それってまさかここにあの方が……？」

「可能性としては半分くらいだがな」

この街でマルコシアスやミヒャエルと対等に付き合える相手など限られている。

教会の上位権力者——聖騎士長か枢機卿クラス——か、もしくは……。

シャスティルは眉《まゆ》を顰《ひそ》める。

「知り合いが、いたかもしれないのか？」

「そうかもしれんのだ」

「……わかった。少し待っていてくれ」

シャスティルはそう言うと応接室を出ていく。

待ったのはほんの半刻くらいだろう。シャスティルは分厚い羊皮紙の束を持って戻ってきた。

「これがここ五年間での死者、行方不明者のリストだ。殉職《じゅんしょく》した者が主だが、聖騎士が大半だな」

「助かる」

「それと、これはキュアノエイデスの話ではないから無関係かもしれないが……」

シャスティルは声を落として周囲を警戒《けいかい》する。

（教会の重鎮《じゅうちん》で、ひとり不可解な最期《さいご》を遂げられている方がいる。私も知ったのは最近になってからなのだが……）

（重鎮？　誰だ）

よほど言いにくいことなのか、シャスティルは緊張した表情で頷いた。

それから、囁《ささや》くような声でこう答えた。

（教皇猊下《げいか》だ。調べてみたが、崩御《ほうぎょ》された正確な時期がわからない）

「教皇だとっ？」

「しーっ、声が大きい」

シャスティルの言葉に、ザガンも我に返る。

（事実か？）

（ああ。公式での活動記録が何年も途絶《とだ》えている。最後に確認《かくにん》できたのは……五年前だ）

これにはザガンも動揺した。

――あり得ん。マルクが、教皇だと……？

しかし同時に符合《ふごう》してしまう点がいくつもあった。

その最たる証《あかし》が〝天使狩り《てんしが》〟と〈アザゼル〉の名である。アルシエラの言葉が事実なら、マルクの半生は〈アザゼル〉との戦いだったという。当て付けでその〈アザゼル〉の名を教会暗部に与えたというのは考えられる。

――俺が覚えているマルクは、そういう皮肉を好む男だった。

そして天使の名から連想されるのは天の使い――つまり教会の御使《おつか》いだというのに、不自然なほど教会にはその名前が残っていない。教皇自ら封印《ふういん》したのだとすればそれも頷ける話ではある。

なにより、マルクはアルシエラと共に〝天使狩り〟を作った三人のひとりである可能性が高い。アルシエラが番人に、マルコシアスが〈魔王〉になったとして、最後のひとりが教皇になったというのはあまりに自然な話なのではないだろうか。

それでも受け入れがたい話だ。

ザガンはすがるように問いかける。

「シャスティル、お前はその教皇とやらがどんな人間だったのか知らないのか?」

「教皇猊下か……ふむ、それがだな」

シャスティルは困ったようにこう答えた。

「会ったことがあるはずなのだが、よく覚えていない。気のせいだったのかもしれない」

それこそ、確固たる証拠《しょうこ》で、ザガンも言葉を失った。

――間抜《まぬ》けな話だ……。

リュカオーンでアルシエラから『マルクを追え』という手がかりを得てから三か月。〈アーシエル・イメーラ〉という〝教会の祭り〟に、教会のラジエル宝物庫という、ふたつの事件。

なんのことはない。ザガンは真《ま》っ直《す》ぐマルクに向かって歩いていて、目の前に答えがあるのに気付いていなかったのだ。

そもそもマルコシアスや聖剣《せいけん》について調べても、教会そのものやその長である教皇についてまったくと言っていいほど関心を払《はら》っていなかった。

本当に間抜けすぎてため息がもれる。

そんなときだった。

「――っ、チッ」

ザガンは鋭く舌打ちをもらした。

キュアノエイデスはザガンの領地だ。当然、無数の結界で守られており、バルバロスほどではないにしろ魔力《まりょく》で個人を追跡《ついせき》することもできる。

その結界で追跡していた反応が、忽然《こつぜん》と消失したのだ。

「どうしました、ザガンさま」

ネフィもただ事ではないと察したのか声をかけてくる。

「シアカーン配下の二人組、やつらの反応が消えた」

少なくとも、キュアノエイデスの結界内からはいなくなっている。

「それは、街から脱出《だっしゅつ》された、ということでしょうか……?」

確かめるような口調ながら、その声には悼《いた》むような色が滲《にじ》んでいた。ネフィにもわかってはいるのだろう。

ザガンは首を横に振った。

「片方はそうかもしれんが、もう片方は違《ちが》う」

「……双子の片割れが、始末されてしまったようだ」

哀《あわ》れな少女たちの未来が、脆《もろ》くも閉ざされたのだった。

いた。

◇

「はあ、はあ――」

黒花の前から逃げ出したアリステラたちは、キュアノエイデスの裏路地へと迷い込んで
「ここまで来れば、もう追ってきてないわよね」

肩で息をしながら、デクスィアが言う。

顔にはまだべったりと血の跡《あと》がこびりついているが、視力は回復したようだ。

周囲に人の気配がないことを確認すると、デクスィアはアリステラの頬《ほお》に触《ふ》れる。

「アリステラ、顔見せてごらん。……クソっ、普通《ふつう》顔面殴るかアイツ！」

どうやらそれなりに腫《は》れているか青あざでもできているらしい。憤《いきどお》るデクスィアに、ア
リステラは首を横に振った。

「……別に、大丈夫。これくらいで済んで、運がよかった」

「ちょっとアリステラ。アンタ、あんなやつの言うこと真に受けてんの？」

「……」

答えられなかった。

最初に疑問を抱《いだ》いたのは、ラジエルの宝物庫だった。

あのときの女騎士《おんなきし》は、背筋が凍《こお》るほどに強かった。初めて〝死〟というものを身近に感じた。なにより、デクスィアがいなくなると感じてしまったのが恐ろしかった。

だからアリステラはデクスィアを庇《かば》ってしまった。

デクスィアがいなくなるのは嫌《いや》だったから。

自分が死ぬことより、よほど怖《こわ》かったから。

――あれから、わからなくなった。

黒花に言われるまでもなく、アリステラは自分たちが殺されることなど考えていなかったと、自覚していた。

殺しているのだから、相手もこちらを殺そうとしている。殺し損《そこ》ねた相手から報復を受けることだってあるだろう。そこで殺されたとして、なんの文句が言えるというのか。

自分たちは薄《うす》っぺらい氷の上で踊《おど》っていたのだ。槍衾《やりぶすま》の上と言った方がいいだろうか。

「アリステラは、怖くなった」

こんなことを続けていたら、いつか死んでしまう。

そしてなにより――

――アリステラが殺してきた人間も、そうだったのかもしれない。

いままで、殺した相手を人間だとすら認識《にんしき》していなかった。

それが、アリステラがデクスィアを失いたくないと思ったのと同じように、自分が殺してきた相手だってそう思う誰かがいたのではないかと気付いてしまった。

そんなものをなにも考えずに刈《か》り取《と》ってきたのだと考えると、息もできなくなるくらい怖くなった。

だってデクスィアが殺されたら、アリステラは相手を殺すまで追い詰める。絶対に諦《あきら》めないだろう。

つまり、自分たちはそうされても文句が言えない。

いや、すでにそんな敵がたくさんいるのだろう。今日の相手だってたまたま気まぐれを起こしてくれただけで、自分たちを殺すには十分な理由を持っていたのだから。

デクスィアがぐいっとアリステラの胸元《むなもと》を掴む。

「アンタ、自分がなに言ってるかわかってんの？　シアカーンさまを裏切る気？」

「でも、このままではアリステラもデクスィアも、いつか死ぬ。それは、怖くないの？」

「それは……」

アリステラは膝《ひざ》を抱《かか》える。

「わからない。わからないよ……。どうすればいい。どうするのが正しい？」

「そんなの！　シアカーンさまの命令に従えばいいのよ。アタシたちはそのために作られたのよ？」

「でも、死ぬのは、怖い。嫌だ。使い捨ては、嫌だ」

震《ふる》えていると、デクスィアが抱きしめてくれた。

「……大丈夫だから。シアカーンさまは、アタシたちを使い捨てになんかしないから。今回の任務は失敗しちゃったんだよ。ちょっとは叱《しか》られるだろうけど、帰ろう？　ね？」

「……うん」

デクスィアは優《やさ》しい。

だからきっと、わかってしまったのだろう。

――アリステラは、もう戦えない。

剣を握《にぎ》るのが怖い。

ギュッとすがりつこうとした、そのときだった。

『うふふっ、きひひひいひっ、悪い子見ぃつけた』

甘《あま》ったるい、それでいて歪《ゆが》みに歪んだ笑い声が、裏路地へと響《ひび》いた。

それは形のない〝影《かげ》〟だった。いや、その形はおぼろげながらも〝ヒト〟のようであるはずだ。そのはずなのにヒトだと認識できない。脳が、そう認識することを拒《こば》んでいるかのような感覚。

──認識を、阻害《そがい》されている……？

魔術か、それとも別の力か〝影〟を直視できないような力が働いている。

そんな〝影〟の中に、ぽつんと金色の瞳《ひとみ》が浮《う》かんでいる。夜闇《やあん》の中の月のように、死者の上に浮かぶという凶星《きょうせい》のように。その瞳がこちらを見ているのだと考えただけで、気が狂《くる》いそうな恐怖《きょうふ》がこみ上げてくる。

「嗚呼《ああ》……」

アリステラはわかってしまった。

自分たちがシアカーンから与えられた禁呪〈纏視〉──視線を合わせた者の精神を破壊《はかい》する金色の魔眼《まがん》。あれは、これなのだ。

これを知ってしまった誰かが、魔術を以《もっ》て模倣《もほう》したものが〈纏視〉なのだ。

「な、に……？」

得体の知れないものを感じて、デクスィアも後退《あとずさ》る。

後退れるだけ、デクスィアはまだ正気でいられた方なのだろう。黒花との戦いで精神が弱っていたアリステラは、すでに悲鳴を上げることすらできない有様なのだから。

「逃げ、て……デクスィア……」

なんとかそんな声を絞《しぼ》り出《だ》して、アリステラは自分の愚行を悟《さと》った。

振り返ったデクスィアは死を悟ったように顔を強張《こわば》らせ、それから仕方なさそうに笑ったのだ。

「大丈夫だって言ったでしょ。アリステラは、アタシが守るんだから」

「ダメ……」

アリステラの制止も虚《むな》しく、デクスィアは〝影〟に向かって蛇腹剣《じゃばらけん》を振るってしまう。

〝影〟は防御も回避《かいひ》もしなかった。ただ無防備に刃《は》を受けるが。

「――っ、なに、これ?」

ボソッと、砂の山でも叩《たた》いたような音を立てて蛇腹剣が崩《くず》れた。

――違う、喰《く》われてる!

塵《ちり》のような〝影〟が蛇腹剣に這《は》い上《あ》がり、触れた部分から崩れていっているのだ。その浸蝕《しんしょく》は凄《すさ》まじい速さで、見る見るうちにデクスィアの手元まで伸《の》びていく。

「ひっ、嫌ぁ、なによこれっ!」

慌《あわ》てて蛇腹剣から手を離《はな》す。そして、それがデクスィアの運命を決定づけてしまった。

「あ……？」

いつの間に接近したのか、デクスィアのすぐ目の前に〝影〟はいた。それこそ鼻先が触れてしまうような距離《きょり》だ。

〝影〟の頭が笑《え》みでも作るように歪んだ。

「ひ――」

その至近距離にあって、金色の瞳を直視せずにいる方法などあるまい。

いったいなにを見てしまったのか、デクスィアの体がビクンと震える。眼球がぐるりと回って白目を剥《む》き、そのまま膝から崩れ落ちた。

ピクリとも動かなくなったデクスィアに目も向けず〝影〟は陶酔《とうすい》するように囁く。

『うふふ、いけない子。愚《おろ》かな子。でも、おりこうな子。わたくしのために扉を開いてくれたのですもの。嗚呼、嗚呼、いまお迎《むか》えにあがりますわ、愛《いと》しの――、、、――さま』

いったい誰に語りかけているのだろう。

――違う。アリステラに、言ってる……？

金色の瞳こそ向けられていないものの、その意識が自分に向いていることをアリステラは感じた。

「お願、い……」

震える唇《くちびる》で、なんとか声を絞り出す。そしてそんなことをしなければよかったとすぐさま後悔《こうかい》した。

ギョロリと、金色の瞳がアリステラを向く。

そこに浮かぶ、悪意とも憎悪《ぞうお》とも絶望ともつかぬ、ありとあらゆる負の感情を塗《ぬ》り込めたようなそれを見てしまった。

意識が遠のく。

このまま気を失ってしまえば楽になれる。それが救いにすら思えるが、アリステラを守ろうとして立ち向かってしまった半身の姿がまぶたに浮かんだ。

――まだ、ダメ。

デクスィアを守らなければ。死ぬのは怖いが、デクスィアがいなくなってしまうことはもっと怖い。

だから、唇を噛《か》みしめ、その痛みで意識を引《ひ》き戻《もど》す。

「助けて、くださ い……」

命乞いの言葉に〝影〟が嗤《わら》うように目を細める。

『可愛《かわい》い子。惨《みじ》めな子。うふふ、きひひっ、嗚呼、でもいけませんわ。わたくしがどれだけそう嘆《なげ》いても、誰も応《こた》えてくれなかったではありませんの。いひひひひひひっ』

いつの間にか頬が冷たく濡《ぬ》れていた。恐怖で流れる涙《なみだ》は冷たいものらしい。手足の感覚はとうになくなっている。いまさら剣《けん》など握る力はない。

それでも、アリステラは懸命《けんめい》に言葉を紡《つむ》いだ。

「デクスィアだけは、許して」

声が届いたのか〝影〟の笑い声が止まった。

「アリステラは、なんでも、します。だから、デクスィアだけは、許して、あげて……」

自分たちは殺されて当然のことをしてきたのだ。いまさらこんな都合のいい命乞いが許されるわけがない。

それでも、誰も許してくれないかもしれないけれど、もしかしたらまだ、やり直せるかもしれない。

「生きていれば、きっと……」

祈《いの》るように紡いだその言葉に〝影〟の瞳が寂《さび》しげに揺《ゆ》れたような気がした。

『……そう』

〝影〟の両手がアリステラの頬に触れる。

冷たい手。いや冷たいどころではない。魂《たましい》すら凍り付かせるようなおぞましい手だ。

自分の命はここで終わってしまったのだと、否応《いやおう》なく突《つ》きつけられる。

『卑《いや》しい子。可哀想《かわいそう》な子。ええ、ええ、哀れんであげますわ。だからせめて――』

もはや呼吸すらできぬほど震えるアリステラの真上で〝影〟が大きく口を開いた。


『ひとつになりましょう?』


「――――――ッ」

アリステラは悲鳴を上げたのかもしれない。

だが覆《おお》い被《かぶ》さった〝影〟の唇に塞《ふさ》がれ、誰の耳にも届くことはなかった。

そしてなにかが流れ込んでくる。唇は剥がれ落ちそうなほど冷たいのに、喉《のど》から流れるそれは焼《や》け爛《ただ》れるほどに熱い。もがき暴れる力すら残らぬ手足は、ただ哀れに痙攣《けいれん》することしかできなかった。

髪《かみ》を束ねた青いリボンが解《ほど》ける。見開いた両目から涙がこぼれた。

――アリステラが、なくなっていく。

消えていく。

溶《と》けていく。

自分の体がなくなって、命が溶けていって、心が消えていってしまう。

シアカーンに頭を撫《な》でられた記憶、デクスィアとケンカをした思い出、初めて正面から叱りつけてくれたあの少女の名前はなんだったろう。

やがて怖いという感情さえ失われ、なにも考えられなくなっていく。

──でも、それでも……。

すぐ傍《そば》に倒《たお》れた、もはや名前も思い出せない半身を想《おも》う。

魔術は、自分よりもこの子の方が上手《うま》かった。だから、自分は剣を上手くなって、この子を守ろうと思ったのだ。

──生きて……。

魔《ま》法陣《ほうじん》の光が広がる。

最後の転移魔術。気付かなかったわけではないだろうが〝影〟は黙《だま》ってそれを見逃《みのが》してくれた。許してくれた。

なにもかもが消えていって、最後に浮かんだのは半身ではなく黒い猫獣人《ねこじゅうじん》の少女だった。

かつてまみえたときとは別人のように強くなっていた少女。恐怖するのと同時に、きっと憧《あこが》れも抱いたのだ。

もしも時間さえあったなら——

——アリステラも、あんなふうに、変われたの、かな……。

憧憬《しょうけい》。それがアリステラの、最後の記憶となった。

◇

「——ネフテロスさま、ご無事ですか！」

「え——？」

肩《かた》を揺すられて、ネフテロスは目を覚ました。どうやら気を失っていたらしい。

「リチャード……？」

「はい。大丈夫でございますか？」

頭が痛い。酷い夢を見ていたような気がする。

「えっと……？　私、どうしたんだっけ？」

「覚えていらっしゃらないのですか？　昼間、あの二人組の魔術師《まじゅつし》と会ったあと、体調を崩されてお休みになっていたんです。それが……」

リチャードは言いにくそうに周囲に目を向ける。

そこは薄汚《うすよご》れた裏路地だった。とうてい、休むに適した場所には思えない。

「宿で部屋を借りたのですが、飲み物をもらいに少し席を外している間にいなくなってしまわれて。覚えていらっしゃいませんか？」

申し訳なさそうな言葉に、ネフテロスは首を横に振った。

「ごめん、覚えてないわ。二人組の子のことは、なんとなく覚えてるけど……」

街でチンピラに絡《から》まれていた少女たち。そのあとの記憶がまるで思い出せない。

「一度、教会に戻りましょう。今日はお休みになられた方がよろしいかと」

「そう……ね。母上には悪いけれど、今日の修練は休ませてもらうわ」

ふたりは気付かなかった。

すぐ足下《あしもと》に、ボロボロになった青いリボンが落ちていたことに。それがとある双子の片割れが髪を結んでいたものだったことに。

『さて、これで全《すべ》ての役者は舞台《ぶたい》に上がったわけだ』

ザガンの城の遙《はる》か上空、夜の空に塵のような微細《びさい》な結晶《けっしょう》が浮かんでいた。

ビフロンスの分体の一部である。ザガンの感知から逃《のが》れるため、存在そのものを希薄《きはく》にしているのだが、気を抜《ぬ》けば自我そのものが散逸《さんいつ》しかねない危険な状態でもある。

こんな状態にならなければ接近もできないのだから、あの〈魔王《まおう》〉は恐《おそ》ろしい男だ。

『ザガン、キミは確かに強い。慈悲深《じひぶか》く苛烈《かれつ》で、まさに王の器《うつわ》だろう。だけど、人を救うのは王ではなく――英雄《えいゆう》だ』

王は人を救えない。

守り、導き、救うのは王ではなく英雄なのだ。

『キミは、どちらだい？』

ザガンがそのどちらでも、ビフロンスのすることは変わらない。ただ、演じる役が少し変わるだけだ。

——僕《ぼく》をこんな目に遭《あ》わせたんだ。キミにも道連れになってもらうよ。

だが、ここから先は慎重《しんちょう》に見極《みきわ》めなければならない。

ともすれば、世界などたやすく滅《ほろ》びてしまう。

〝あれ〟は、すでに世界を滅ぼした怪物《かいぶつ》なのだから。

『いずれにしろ〝扉〟はもう開かれた』

もう後戻《あともど》りはできない。

《最長老》マルコシアス。賢竜《けんりゅう》オロバス。聖騎士団長ギニアス・ガラハット。数多《あまた》の犠牲《ぎせい》を以て封《ふう》じた扉は、今度こそ決壊《けっかい》するのだ。

そんな破滅《はめつ》の中で、せいぜい楽しく踊ってみせよう。

だからそれまでは、ただ黙って見ていよう。

どうせ舞台の幕が開くのは、もうすぐなのだから。

◇

「……ッ」

なにを感じ取ったのか、ザガンは険しい表情で踵《きびす》を返した。

キュアノエイデスでマルクの正体を知ってから数日後。大浴場がついに完成したこともあって、城ではささやかな打ち上げが行われていた。

会場はもちろん完成したばかりの大浴場で、湯船に酒を浮かべて楽しむというリュカオーン流の宴《うたげ》を用意したのだ。フォルやリリスのような未成年組には、先日ラジエルで見つけたタピ＝オカ・ジュースを用意してある。

他《ほか》の配下たちには参加は自由だと告げたのだが、思いの外《ほか》希望者が多く、大きすぎるくらいだったはずの浴場はすでに満杯《まんぱい》である。ザガンの想像とは裏腹に、魔術師でも風呂《ふろ》は好むものだったらしい。もう少し早く改装してやればよかったかと、少し反省した。

そうしてザガンも入るつもりだったのだが、異変を感じて急遽《きゅうきょ》引き返したのだった。

「どうかしましたか、ザガンさん」

先に脱衣所《だついじょ》に入っていたキメリエスが警戒の声を上げる。

「いや、野暮用《やぼよう》だ。お前たちは先に始めていろ。俺《おれ》は適当に戻る」

「……わかりました。ではそのように」

察してくれたのだろう。ぺこりと腰《こし》を折る頼《たの》もしき配下を背に、ザガンは大浴場と城を繋《つな》ぐ通路へと進む。

その先には、不敵な笑みを浮かべる悪友の姿があった。

「よう、ザガン」

「バルバロスか。珍しいな。貴様が影から出てくるとは」

「お前が針鼠《はりねずみ》みたいにポンポン結界を張るからだろうが。おかげで影の出口が開けねえじゃねえか」

この男もこれでザガンの魔術《まじゅつ》をたやすく乗っ取るくらいの力量はあるので、今回の結界は念入りに強化したのだ。バルバロスが侵入《しんにゅう》できないなら、ひとまず防衛としては及第点《きゅうだいてん》をあげられるだろう。

ザガンは慎重に問いかける。

「貴様も宴に加わるつもりか？」

「おいおい、まさか俺には来るなとか言うつもりじゃねえだろうな。これでもてめえの依《い》頼《らい》で、結構危ない橋渡《わた》ってきたんだぜ？」

「まさか？　俺は自分に献身《けんしん》した者への褒美《ほうび》は怠《おこた》らん主義だ。それは貴様であっても例外ではない。存分に楽しむがよい」

バルバロスは大げさに肩を竦《すく》める。

「そいつを聞いて安心したぜ。ここで追い返されでもしたら、ひとりでやけ酒をあおるところだった」

そうしてザガンの隣《となり》を通り過ぎようとする悪友に、ザガンがガしっと肩を掴《つか》んだ。

「――だが、それにしては奇妙《きみよう》だな」

「なにか、おかしなことでもあったか？」

「ああ。おかしいさ。なぜならそっちは――」

ザガンは言葉に魔力を込めてこう叩き付けた。


『そっちは女湯だ』


魔力さえ込めた言葉に、ビリビリと大気が震える。

そう。バルバロスの足は男湯ではなく、女湯に向かって進んでいたのである。

振《ふ》り返《かえ》ったバルバロスの顔に、表情はなかった。

それから、さも当然のようにこう語る。

「お前の結界は大したもんだ。実際、外からは俺でも入り込めなかった。そこは素直《すなお》に認めるぜ」

「……それで？」

「だが、内側からなら影を繋げる。繋ぐ意味もないくらいの短距離《たんきより》だがな。まあ、そうだな。壁《かべ》一枚くらいは透過《とうか》できるってわけだ」

「ほう?」

肩を握りつぶさんばかりに力を込めているのだが、バルバロスは意にも介《かい》さず続ける。

「いま、この先でポンコツが風呂に入っている」

今回はせっかくの大浴場ということなので、シャスティルやクーなど、教会の人間も招待していた。

「つまり?」

バルバロスは死地に赴《おもむ》くかのごとき鬼気《きき》迫《せま》る声で、こう締《し》めくくった。


「俺なら、覗ける」


「――〈天燐《てんりん》・一爪《いっそう》〉――」

ザガンは躊躇《ちゅうちょ》なく黒い炎《ほのお》をたたき込んだ。拳《こぶし》ではなく〈魔王〉相手の切り札まで放ったことから、本気の度合いというものがうかがえる。

「――危っぶねえっ?　てめえいま本気で殺す気だったなコラ!」

バルバロスは奇跡的《きせきてき》な身のこなしで、惜《お》しくもその一撃《いちげき》を躱《かわ》してしまうが。

「当たり前だ。貴様のような害虫を始末するために俺は力を手に入れたのだ」

女湯には当然、ネフィやフォルだって入っているのだ。覗きなど〈魔王〉の名にかけて許すわけにはいかない。

「そんなことはプライベートでやれ。貴様ならシャスティルの風呂くらい勝手に侵入できるだろう？」

「あいつ風呂でも聖剣手放さねえからわざわざ今日を選んだんだろうが！」

「知らん」

というか本当に覗こうとしていたのか。最低である。

まあ、シャスティルにも貞操観念《ていそうかんねん》があるというのは良い報《しら》せなのだろう。あまり野武士のような振《ふ》る舞《ま》いを続けられると、ネフィにもよくない影響《えいきょう》が出そうで心配になるし。

この男にかける慈悲《じひ》はない。さっさと始末しようと拳に魔力を込めると、バルバロスは悪魔《あくま》のささやきのようにこう言った。

「お前だって、嫁《よめ》の裸《はだか》に興味くらいあんだろ？」

ひくっと、ザガンは硬直《こうちょく》した。

「ば、ばばばばば馬鹿者《ばかもの》ぉっ！　そんな破廉恥《はれんち》なことできるか！」

「思春期のガキかよ。女のなにがいいって乳に尻《しり》に太ももじゃねえの？　それを好き放題したいと思ってなにが悪りいんだよ。まあ、ポンコツにゃ足りないもんばかりだけどよ」

「悪いに決まっているだろう！　そういうのはだな、もっとこう、ちゃんとお互《たが》い合意の上でというか……」

「はー、しょんべんクセ」

ブチッと、頭の中でなにかが切れる音が聞こえた気がした。

「ほうほう、そうかそうか。正面から迫《せま》る度胸もなく、影からこそこそ覗くような小心者が貴様の言う男らしさなのだな。シャスティルには多少、同情する」

「……は？　なんでそこでポンコツが出てくんだよ。関係ねえだろ？」

現在進行形で誰《だれ》の風呂を覗きにいくつもりなのか、小一時間問《と》い詰《つ》めたいところではあるがザガンは哀れむように笑いかける。

「ふん？　まあ、そうかもしれんな。確かにやつにとっては貴様は無関係で関心もないただの他人だからな。死んでも特に困ることはなかった」

ゴリゴリと踵《かかと》で地雷《じらい》を踏《ふ》みつけてやると、バルバロスの額にも青筋が浮かんだ。

「ぶっ殺されてえのかコラ！」

「死ぬのは貴様だ」

こうして、悪友であり、生涯《しょうがい》の宿敵であるふたりは、どうしようもなく小さい理由で再び激突《げきとつ》したのだった。

◇

「……？　なんか、また外が騒《さわ》がしいですね？」

大浴場女湯。手桶《ておけ》に湯を溜《た》めようとしていた黒花が三角の耳を揺らす。

ザガンやシャックス、それにゴメリの尽力《じんりょく》もあって大浴場には十人分ほどのシャワーが並んでいた。キュアノエイデスにも大衆浴場というものはあるが、蛇口《じゃぐち》を捻《ひね》るだけで温かい湯が出るというのはこの城くらいのものだろう。

黒花はそこで髪を洗っていて、他にもフォルやセルフィたち城の住人、シャスティルやマニュエラといった招待客、あとは主賓《しゅひん》でもあるオリアスの姿もあった。

それぞれ体にバスタオルを巻いて恥《は》ずかしそうにしている者もいれば、マニュエラのように堂々とさらけ出している者もいる。ネフィは少し恥ずかしいのでタオルを使わせてもらった口である。

そうして入浴前に体を洗っていたところで、外から凄まじい破壊音が聞こえてきた。

今回は確かめるまでもなく地響《じひび》きまでもが伝わってくる。この城でこれほどの力を振るえて、なおかつ城に被害《ひがい》が出ないように戦える者となると、ひとりしかいない。

「ザガンさまがお怒《いか》りのようですけど、なにかあったのでしょうか？」

「殿方同士《とのがた》、じゃれ合っているだけですわ。放っておけばよいのです」

呆《あき》れた顔でアルシエラが言う。こちらはタオルを抱えてはいるものの、体に巻き付けてはいない。まだ入ってきたばかりでシャワーが空くのを待っているようだ。

――お相手はバルバロスさまでしょうか？

彼《かれ》が城が震えるほどの力で殴《なぐ》るような相手など、他にいない。〈魔王〉クラスの敵が侵入したのならネフィにだって感知できるだろうし、他の魔術師たちが平然としているはずもない。

同じような心当たりにたどり着いたのだろう。シャスティルが渋面《じゅうめん》を作った。

「ええっと、せっかく招待してもらったのにすまない。きっとバルバロスがなにかやらかしたんだと思う」

申し訳なさそうな顔をするシャスティルに、マニュエラがニマッと笑う。

「あれあれー？　なんでシャスティルが謝《あやま》っちゃうのー？」

「そ、それは私の……っ、いや、私のじゃなくて！」

「んっんー！　〝私の〟発言キター！」

「違うと言っているだろうっ、ひゃんっ？」

「しっぽ頭うるさい」

通りすがりのフォルが髪の水を引っかけ、シャスティルは跳《と》び上がってすっ転んだ。

——今日は普通のシャスティルさんなんですね。

先日、教会であったときはずいぶん凜々《りり》しくて驚《おどろ》いてしまった。彼女《かのじょ》も仕事中は別人のようにしっかりしているというのは、頭ではわかっているが普段《ふだん》の方を見慣れてしまうと違和感《いわかん》が凄《すご》いのだ。

フォルはとてとてとネフィの前にやってくる。

「ネフィ、洗い終わった。お風呂入っていい？」

「はい。でも危ないですから走っちゃダメですよ？」

「わかってる」

大きな風呂が嬉《うれ》しいようで、フォルはぴょんと飛び込んでいった。

「あ、フォルお嬢《じょう》さんズルいッス！　自分も入るッスー！」

「こらセルフィ！　ちゃんと泡《あわ》落としてからにしなさいよもう」

ちなみにリリスは真っ先に体を洗い終えて湯船に浸《つ》かっている。体にタオルを巻き付けてあるが、湯船から顔を出したしっぽが上機嫌《じょうきげん》そうにゆらゆら揺れていた。

「はー、幸せ。さすがうちの王さまは懐《ふところ》が深いわー」

傍《かたわ》らには桶《おけ》に入ったグラスとジュースが浮かんでおり、ほんのり頬を赤らめながら全力で堪能《かんのう》しているようだ。

ネフィは少しだけ違和感を抱く。

――そういえば、ザガンさまはリリスさんに少し甘いですね。

今回の大浴場の件も複数の理由が絡んでいるとはいえ、リリスへの労《ねぎら》いの部分も大きかったはずだ。ネフィに対するほどではないにしろ、フォルに対するときの半分近いくらいの甘さがあると思う。これはザガンにしては大甘《おおあま》に入るくらいの采配《さいはい》だと思う。

もちろん、リリスが一般人《いっぱんじん》だから気を遣《つか》っているのもあるだろうが、他に理由があったりするのだろうか？　少し気になった。

観察していると、そこに人魚の尾《お》をしたセルフィが近づいていく。

「リリスちゃんのタピ＝オカどんな味ッスか？」

「ちょおっ、それアタシの飲みかけ……」

「えー？　別にいいじゃないッスか。自分のもあげるッスから」

「ひうっ？　そんな、これってかかかか間接……っ」

「大丈夫《だいじょうぶ》ッスか？　リリスちゃん、お顔真《ま》っ赤《か》ッスよ？」

あちらはあちらで楽しんでくれているようだ。

続いて湯船に足を入れたのは黒花とクーだった。

「黒花ちゃん、湯船入っても毛並み変わらなくていいなあ」

「そうですか？　クーだって綺麗《きれい》な髪をしてるじゃないですか」

「いやしっぽだよしっぽ。クーのしっぽ、水含《ふく》んじゃうとこんなしぼんじゃうんだから」

「それはそれで可愛いと思いますよ。でも湯船で絞っちゃダメですよ……」

どうやら自分のしっぽに不満があるようで、クーはぞうきんでも絞るようにしっぽを絞ってしまう。

また別の一画ではオリアスの背中をゴメリが洗っていた。

「えへへ、師匠《ししょう》よ。かゆいところはないかのう？　妾《わらわ》、今日は師匠にくつろいでもらおうと尽力したのじゃよ？」

「なんだその猫《ねこ》なで声《ごえ》は。気持ちが悪いから普段通りにしゃべりなさい」

ぷるぷる震えるゴメリは美女の姿で、オリアスも十代の若い姿――オベロンの姿を取っていた。

好奇心《こうきしん》で理由を聞いてみたら『若くなれるのにわざわざ年老いた肌《はだ》をさらしたがる女がいると思うのか？』とのことだった。歳《とし》を取っても女心は複雑なのだ。ネフィにもいつかそんな気持ちがわかる日が来るのかもしれない。

考えてみたら少し怖《こわ》くなって、ネフィもぷるぷると頭を振った。

――お母さまに、年齢操作《ねんれいそうさ》の魔術もご教授いただきましょうか……。

ちなみにゴメリの頭にはすでに大きなたんこぶができており、お仕置きされたあとのようだ。それもあって、オリアスがこれ以上ゴメリを責める様子はない。

本当はネフィが背中を流した方が親孝行になるのだろうけれど、まあゴメリも追い詰められているのだ。ここは譲《ゆず》っておこう。

そんな母たちを眺《なが》めながら、ネフィも湯で泡を流し終える。

と、そこでまだアルシエラが立《た》ち尽《つ》くしていることに気付いた。

「アルシエラさま、よろしければわたしがお背中流しましょうか？　ここはもう空きましたし」

そう流すと、アルシエラは少し悩《なや》む素振《そぶ》りを見せたもののすぐに頷《うなず》いた。

「それではお願いしますわ、ネフィ嬢」

「はい」

アルシエラはすとんとネフィの前に腰を下ろす。

夜の一族の心臓は動いていない。そのせいか青白い肌をしているが、それ以外は自分たちとなにも変わらぬ体である。

そんなアルシエラだが、髪はまだふたつに束ねたままだった。

「髪はどうなさいますか？」

「解いてくださるかしら」

「かしこまりました」

言われるままにふたつ結びの髪を解いて、ネフィは小さく息を呑《の》んだ。

そこには、根元からへし折られた二本の角《つの》があったのだ。

恐らくこれを見られたくなくて、他の者がいなくなるのを待っていたのだろう。アルシエラはおかしそうに笑う。

「そんな顔をしないでくださいまし？　千年も昔の傷ですもの。いまさら人に見られて困るものでもありませんわ」

「えっと……はい」

戸惑《とまど》うネフィに、アルシエラは唇に人差し指を当てる。

「けれども、他の娘《むすめ》たちには内緒《ないしょ》ですわよ？」

「はい……」

彼女なりに貴重な情報を渡してくれたということなのだろう。

――角のある種族というと……。

ネフィの知る範囲《はんい》で思い浮かぶのはフォルのような竜族《りゅうぞく》。ゴメリのような魔人族《まじんぞく》。そしてリリスたち夢魔族《むまぞく》の三種である。いずれも希少種である。金色の瞳を持つ点も、それらの種族に共通した特徴《とくちょう》だろう。

大きな秘密を知らされてしまったような気分で、ネフィは緊張《きんちょう》しながらアルシエラの髪を洗った。

それから、背中を流そうとして、アルシエラが頑《かたく》なに胸元《むなもと》に抱《かか》えたタオルを離そうとしないことに気付く。まるで普段《ふだん》抱えているぬいぐるみの代わりと言わんばかりである。

「次、お背中流しますね」

でも、ネフィは気付かなかったふりをして背中を洗ってやる。

――なんだか、不思議な気持ちです。

上手く言葉にできないのだが、本来の目的である親孝行をしているような感覚。年齢はともかくアルシエラの容姿はフォルより少し大きいくらいの女の子だと言うのに、そんな錯覚《さっかく》を抱《いだ》いてしまった。

アルシエラの性格が大人だからだろうか。

首を傾《かし》げて、ネフィは見てしまった。

「アルシエラさま、それ……っ」

「え？　あら……」

アルシエラの足下に、黒い血のようなものが伝い落ちていた。見れば彼女が抱えるタオルが同じ色に染まっていて、どうやら腹部から出血しているらしいとわかった。

「なるほど、湯を流せばそれはこうなりますわよね。迂闊《うかつ》でしたわ」

苦笑《くしょう》をもらして、アルシエラは指を鳴らす。すると宙から数匹《すうひき》のコウモリが現れ、それが傷口を押《お》さえるように吸い込まれていった。

「これで湯船に浸かる間くらいは保《も》つはずですわ」

「……それは、やはりあのときの？」

ネフィが初めてアルシエラと出会ったのは海底都市アトラスティアだったが、リュカオーンの無人島で再会したとき彼女は死の淵《ふち》にいた。いや、ザガンの言葉を借りるなら死という表現はおかしいのだが、とにかく重傷を負っていたのだ。

それをザガンは自分の血を分《わ》け与《あた》えることで治療《ちりょう》した。だが、完治にはほど遠いものだったらしい。

アルシエラはなんでもなさそうに肩を竦める。

「あたくしが不覚を取っただけですの。貴姉《あなた》が気にかけるようなことではありませんわ」

「辛《つら》くは、ありませんか？」

怖《お》ず怖《お》ずと問いかけると、アルシエラは驚いたように目を丸くした。

それから、クスクスと甘《あま》い笑い声をもらす。

「夜の一族には人間のような痛覚はありませんのよ？」

「ですが……」

「大丈夫なのですわ。貴姉が心配するようなことはありませんわ」

空元気《からげんき》、というわけではなさそうだ。

それから、また唇に人差し指を当てる。

「ですけど、宴が白けてしまいますから、これも秘密でお願いしますわ」

「かしこまりました」

改めて肩から湯をかけてやると、アルシエラはタオルで髪をまとめる。なるほど、これなら角の跡《あと》は見えない。

そうして湯船に向かうと、ネフィたちが最後だった。

そのはずだが、ひとり姿の見えない者がいた。

「あら、ネフテロスは？」

シャスティルが表情を曇《くも》らせる。

「それが、体調が悪いらしい。あとで来るとは言っていたが」

「大丈夫でしょうか……？」

「どうだろうか。先日、街で少しトラブルがあったらしいのだが、それから様子がおかしいんだ。本人にもよくわからないようなのだが……」

ネフィはうつむいた。

「例の〝夢〟に関係があるのでしょうか……？」

ネフテロスが魔神《まじん》の夢らしきものを見ていたことは、ネフィも聞いた。いまは見なくなったという話だが、彼女は一度残留思念とはいえ魔神に取り込まれているのだ。どんな後遺症《こういしょう》があってもおかしくはない。

リリスが首を傾げた。

「夢ってなんのこと？」

「それが……」

「──リリス」

それは、ネフィが聞いても身震《みぶる》いするような声だった。

アルシエラは金色の眼《め》を怪《あや》しく細めて、また唇《くちびる》に人差し指を当てた。

「他人の秘密を、詮索《せんさく》するものではありませんわ」

しんっと、空気が静まった。リリスが震《ふる》えるようにうつむく。

「ひう、あの……はい」

その過剰《かじょう》な反応を、ネフィは少し意外に感じた。

──こういう、強い言い方をする方ではないと思っていたのですけど……。

そう考えてから、すぐに理由に思い至った。

ネフィは少し大げさに笑ってみせる。

「お優《やさ》しいんですね、アルシエラさま」

「どうしたらいまのでそんな感想が出てきますの？」

眉《まゆ》をひそめるアルシエラに、ネフィは微笑《ほほえ》み返す。

「リリスさんの身を案じてくださったんですよね？　夢はリリスさんの領域ですから」

リリスは夢魔の姫《ひめ》だ。夢は夢魔の領域で、リリスほどの力があればきっとどこへでも踏み込めてしまえる。

だが、リリスは魔術師ではないし、戦う力もないのだ。だから、アルシエラは危険なことに首を突っ込まぬよう、釘《くぎ》を刺《さ》したのだ。

――でも、いまの言い方は少し、リリスさんが可哀想でしたから。

それにネフィの失言でもある。

図星だったのだろう。アルシエラの顔がにわかに赤く染まった。リリスも怖ず怖ずと口を開く。

「えっと、御方《おかた》、心配してくれた……んですか?」

「知りませんわ!」

顔を背《そむ》けて、ぶくぶくと湯船に顔を浸ける。

ザガンもやってみせたことではあるが、やはりこの少女は素直な感謝を向けられると駄《だ》目《め》らしい。こういう顔は可愛《かわい》いと思えた。

そうしていると、大浴場の扉《とびら》が静かに開いた。

入ってきたのはというと、ネフテロスだった。こちらは肌をさらすのにあまり抵抗《ていこう》はないようで、胸元をタオルで隠《かく》している程度だ。

「ネフテロス、もう具合は大丈夫なんですか?」

「あ……。うん。ちょっと横になったら治ったわ」

気恥《きは》ずかしそうに頬《ほお》をかきながら、ネフィとオリアスを交互《こうご》に見遣《みや》る。

「もしかして、待っててくれたの？」

「はい。ネフテロスもいないと始められませんから」

「……すぐ体洗うからちょっと待ってて」

自分が目を向けられたことで、オリアスは首を傾げる。

「なんの話？」

「えっと、もう少しだけお待ちください、お母さま」

「まあ、いいけれど」

そうしてネフテロスが湯船に入ると同時に、ネフィもグラスや猪口《ちょこ》を入れた桶を渡して回る。オリアスが猪口を持つと、ネフィとネフテロスは頷き合って、いっしょにお酒を注《つ》いであげた。

オリアスは不思議そうにまばたきをする。

「ずいぶんと至《いた》れり尽くせりなのね？」

「はい」

そうして全員が飲み物を持ったのを確かめると、ネフィもグラスを取ってコホンと咳払《せきばら》いをする。

「本日はシャスティルさんやマニュエラさんたちも、キュアノエイデスからご足労くださりありがとうございます。それに、大浴場造りに献身してくださったリリスさんたち、ゴメリさまたちもありがとうございます。おかげさまで、本日完成と相成《あいな》りました」

これは大浴場完成の祝賀会でもあるのだ。形式的なものだが、言わないわけにもいかないので簡潔に挨拶《あいさつ》を述べると、ネフィはグラスを掲《かか》げた。


「それでは大浴場の完成と、お母さまへの感謝を込めて――乾杯《かんぱい》」


「「「乾杯」」」

その言葉に、オリアスは目を丸くした。

それから、困ったように微笑む。

「今日は妙《みょう》によそよそしいと思ったら、そういうこと」

しかし嬉しくないわけではなかったらしい。ほのかに頬を赤らめて、オリアスも猪口を掲げて応《こた》える。

「感謝されるほど立派なことをしてあげた覚えはないけれど、でもありがとう」

同年代の姿をした実の母というのは奇妙な気分ではあったが、そこに違和感を覚えられるほどネフィとオリアスの付き合いは長くない。

そのおかげか、なんだか新しい友人ができたような気持ちだった。

ネフテロスと微笑み合っていると、なにやらフォルがアルシエラの隣に移動して何事かを囁《ささや》いていた。

（私も、感謝を）

（……しー、なのですわ）

ネフィにはよく聞き取れなかったが、なんの話だろうか。

首を傾げていると、ネフテロスが黒花に話しかけていた。

「そういえば黒花、あの魔術師……ええっと、シャックスって言ったっけ？　彼とは仲直りできたの？」

そういえば黒花たちが仲直りした日、ネフテロスは体調を崩《くず》したらしく城にはこなかったのだ。

黒花は真《ま》っ赤《か》になって湯船に顔を浸ける。

「えっと、その……はい」

「そう。よかったわね」

ネフテロスは素直な祝福を述べると、男湯がある壁に視線を向ける。

「あっちは、どうなったかしらね？」

いまごろ男湯でも祝賀会が開かれているはずで、そこにシャックスとラーファエルもいるのだが……。

黒花は頭の上の耳に手を添《そ》えて目を閉じる。

「……いまのところ、揉《も》めてる様子はなさそうですけど、祝賀会という雰囲気《ふんいき》ではなさそうですね」

「……あ、うん」

黒花の下着の一件は、ネフテロスも目の当《ま》《あ》たりにしている。気の毒そうに顔を覆《おお》った。

「なら、リチャードも巻《ま》き添《ぞ》えね。可哀想《かわいそう》」

「あとでなにか労いでもかけてあげてください、ネフテロス」

「私に労われて嬉しいものかしら？」

「はい！　自信を持って、優しくしてあげてください」

いつになく力強く進言すると、ネフテロスも気圧《けお》されたようにコクコクと頷いた。

「わ、わかったわ」

そうしていると、ぴくりと黒花が耳を震わせた。

「あ、シャックスさんとキメリエスさんがなにか話してます」

「んんー？　黒花ちゃんちょっとそれ実況《じっきょう》しよう？　ね？」

「同志よ、キメリエスのやつに湯の席で面白《おもしろ》いことを言うユーモアなどないぞえ？」

そう言いつつも気にはなるらしい。ゴメリはずずいっと黒花との距離《きょり》を詰めた。

「それはそれよ！　シャックスくんは面白いこと言うかもしれないでしょう？」

早くもゴメリとマニュエラに取り囲まれ、黒花が目を白黒とさせる。

「黒花さん、嫌《いや》なものは嫌と言っていいんですよ？」

「あう、でも……」

愛《め》で力《りょく》とやらを滾《たぎ》らせるふたりを前に黒花は震え上がるが、ネフィはそんな暴走中のふたりの肩《かた》をポンと叩《たた》いた。

「おふたりとも、無理強《むりじ》いなんてしませんよね？」

「「……はい。しません」」

ふたりは引きつった笑《え》みを浮《う》かべておとなしく引き下がってくれた。

黒花もようやく胸をなで下ろすのだが、そこで「え」と声を上げた。その顔が見る見る赤くなっていく。

「んっんー？　なになに？　その顔はなにを聞いちゃったのかしら？」

「包み隠さず話すのじゃ！　ここ、王の結界が強すぎて妾でも盗《ぬす》み聞《ぎ》きができぬゆえ！」

さすがはザガンというべきか、浴室内では魔術も封《ふう》じられているらしい。しかし黒花の知覚能力は本人の身体能力由来ゆえ、影響を受けていないのだ。

黒花はヒトの耳まで真っ赤にして顔を覆う。

「いや、でもこれはちょっと……」

「話してしまうのじゃ。楽になるぞえ？」

「早く早く！」

大興奮のふたりに、ネフィも頭痛を覚える。ちなみにオリアスも酒の席の無礼講と見做《みな》したのか、止める様子はない。呆れ返った顔はしているが。

黒花は両手の隙間《すきま》から瞳《ひとみ》を覗《のぞ》かせると、観念したように口を開いた。

「えっと、普段はいろいろと誤魔化《ごまか》してますけど、根は優しい人……のようなことを」

「甘ーいっ！　これは甘い惚気《のろけ》だわ！　蒸留酒《ブランデー》が進んじゃうー！」

「愛で力が滾るのう。おかわり！　おかわりを早う！」

拳を握《にぎ》って催促《さいそく》するマニュエラは、いつの間にかグラスではなく酒瓶《さかびん》を握っていた。見ればグラスは空になった瓶といっしょに桶に放《ほう》り込まれている。いつの間にあんなに飲んだのだろう。ゴメリもいまにも鼻血を出しそうな様子で瞳を爛々《らんらん》と輝《かがや》かせている。

　黒花はなんとも申し訳なさそうな声で続ける。

「弱い人を守ろうとしちゃうから、その、すごく心配で、守ってあげたいって……」

「くーっ！　ネフィちゃんもっと辛口《からくち》のお酒ない？　口の中が甘いわ！」

「きひひっ、あやつめ朴念仁《ぼくねんじん》ぶっておるわりにはメロメロではないか。悦《よ》い。悦いぞ！」

と、そこでネフィは違和感に気付いた。

——シャックスさんの惚気のわりには、黒花さんは他人事みたいに言いますね？

かと言ってシャックスが黒花以外の誰かにそんな気持ちを向けているとは思えない。これは断言してもいいだろう。となると……？

　その違和感を肯定《こうてい》するように、黒花はこう言った。

「そんなゴメリさんがチャーミングだから、六十年以上いっしょにいるんだって……」

「……へ？」

　ゴメリが彫像《ちょうぞう》のように固まる。

黒花はもうこれ以上聞いていられないというように、三角の耳を押さえて湯船に沈《しず》んでしまう。かなり掻《か》い摘《つ》まんで語っていたようだが、実際にはもっと濃厚《のうこう》な惚気だったに違《ちが》いない。茹で蛸のようになっていた。

マニュエラはというと、途中《とちゅう》から気付いていたらしい。笑いを堪《こら》えるように口元を歪《ゆが》ませ、ぷるぷると震えている。

そして、それを見計らったようにオリアスが口を開いた。

「ああ、あれから六十年も経《た》つのね。私の下を飛び出した馬鹿弟子《ばかでし》が突然《とつぜん》、人に読み書きを教えるにはどうしたらいい、なんて言って小さな獅子獣人《しじゅうじん》の子を連れてきてから」

「やめて師匠うううううううううううううううううっ！」

目に涙《なみだ》まで浮かべて真っ赤になったゴメリが飛びかかるが、相手は〈魔王《まおう》〉である。宙ではたき落とされて湯船に撃沈《げきちん》することになる。

ささやかな笑い声が女湯に響《ひび》いた。

――でも、このまま放っておくと溺死《できし》しちゃいますよね？

大浴場では魔術《まじゅつ》も使えないのだ。ネフィはゴメリを湯船から出してやった。マニュエラも責任を感じたのか手伝ってくれたが。

なのだが、そんな中でひとりトラウマでも思い出したように顔を強張《こわば》らせる者がいた。

「シャスティルさん、どうかしましたか？」

　その視線は、オリアスに釘付《くぎづ》けになっている。

「……えっと、あなたはオリアス殿《どの》なのだよな？」

「ええ、そうね」

「気のせいだとは思うのだが、私は、過去にもあなたに会っていたり……は、しないよな。ははは……」

「あー……」

　オリアスはなぜか露骨《ろこつ》に言いよどんだ。

　それを見て、ネフテロスが口を開く。

「教会で会ってるんじゃないの？　母上はほら……」

　話してもいいか確かめるように、ネフテロスはオリアスを見遣る。母が頷いたのを見て、言葉を続けた。

「母上は教会ではオベロンの名前を使ってたらしいから」

「オベロンって、オベロン卿《きょう》……？　そういえば、オベロン卿と話したときもなにか違和感があったような……」

　またしてもオリアスが視線を逸《そ》らす。

どうやら過去に会っているのは事実のようだ。ネフィはそっと母に近づくと、小声で問いかけた。

(実際のところ、なにかあったのですか?)

(……えっと、あの子が駆《か》け出《だ》しのころ、剣《けん》の握り方なんかを少し)

どうやらシャスティルが聖騎士長《せいきしちょう》になるとき、剣の指南をしたということらしい。

(教えてさし上げればよいのでは?)

ネフィがそう言うと、オリアスは首を横に振《ふ》った。

(その、加減を間違《まちが》えたみたいで、当時の記憶《きおく》がなくなっている、らしいわ)

これにはネフィとネフテロスも絶句した。

――シャスティルさん、子供のころから苦労なさっていたんですね……。

だが、同時に納得《なっとく》もした。

ザガンをして過去最も手強《てごわ》かった相手にシャスティルの名を挙げたくらいなのだ。まだ十代の彼女がなぜそんな剣を振るえるのかと思えば、伝説の聖騎士オベロン《オリアス》から手解《てほど》きを受けていたからなのだ。

きっと、世の中には忘れていた方が幸せなこともある。

ネフィは徳利《とっくり》のひとつを手に取るとシャスティルに勧《すす》めた。

「シャスティルさん、これはリュカオーンから取り寄せた珍《めずら》しいお酒なのですが、いかがでしょうか？」

「え、そうなのか？　私、お酒ってあまり飲んだことないんだけど、大丈夫かな」

大丈夫もなにもかなりアルコール度数の高い酒である。

それでも興味はあったようで猪口に注いであげると、シャスティルはくいっとひと口で飲み干した。

「へえ、これは飲みやすくて美味《おい》しいな！　なんだか体もぽかぽかしてくるし、ネフィ、もうひと口もらってもいいかな」

「はい、どうぞ」

そうして数杯《すうはい》ほど勧めると、シャスティルはすぐに潰《つぶ》れた。

「きゅう……」

「ああもう、飲ませすぎよネフェリア」

「シャスティルさんは、いまの話は忘れた方がいいと思いましたから」

ふたりで湯船から運び出し、ゴメリの隣《となり》に転がしてやった。オリアスも罪悪感を抱いているようで、新しいタオルをかけてくれる。

そんな母の姿に、ネフィは苦笑する。

「お母さまにはいろんな顔があるんですね」

それを知れただけでも、今日は本当によかった。

オリアスは渋面を作る。

「ろくな顔ではないようだけれど」

「そんなことはないです。もっとお母さまのこと、知りたいです」

そう言ってから、ふとあの日のザガンの横顔が脳裏《のうり》を過《よぎ》った。

「どうかした？」

「あ、いえ……」

ネフィは曖昧《あいまい》に笑い返すが、母のことを知りたいと言ったのに自分が黙《だま》っているのもずるいような気がして頭を振った。

「その、わたしはお母さまにお会いできて、いま本当に楽しいんです。でも……」

これを口にしていいのかはわからない。

それでも、ネフィは勇気をもって疑問を言葉にした。

「ザガンさまのご両親は、いったいどんな方だったのかなと思って」

ザガンの両親との関係があったから、マルクはザガンを捜《さが》していた。そしてそのマルクという人物は教会の教皇だった可能性が高い。

では、そんなマルクを動かすほどの人物とは、いったい何者だったのだろう。

オリアスもなるほどと頷く。

「確かに興味はあるわね。実際のところ、どうなのかしら？」

そこで自然と視線を集めたのは、アルシエラだった。

アルシエラはさも心外そうに目を丸くしてみせる。

「あたくしに聞かれても困りますわ？」

「だが、ザガンにマルクとやらを追うように囁いたのはキミなのでしょう？　他にそんなところで接点のある者もいない」

確かに、ザガンの生まれを知っている可能性がある者など、アルシエラくらいのものだろう。ステラやバルバロス、いやザガン本人だって知る由《よし》のないことなのだ。

なのだが、そこで声を挙げたのはフォルだった。

「お風呂《ふろ》は、楽しい。せっかく楽しいのに、無理矢理《むりやり》は、よくない」

その言葉で、誰《だれ》もが我に返った。

オリアスも髪《かみ》の毛《け》をかき上げて苦笑する。

「孫の言う通りだったわね。少し悪乗りが過ぎたかもしれないわ。忘れてちょうだい」

そう言って、また湯船に戻《もど》る。

ネフィとネフテロスもそれに続くと、アルシエラは少し考え込むように黙ってからワイングラスを傾《かたむ》けて呟《つぶや》いた。

「お父上の方とは、確かに面識がありますわね」

まさか答えてくれるとは思わず、ネフィは目を丸くした。

フォルが心配そうに言う。

「アルシエラ、いいの?」

「酒の席の与太話《よたばなし》には、ちょうどいいかもしれませんわ。それに、あたくしの作り話かもしれませんし」

アルシエラはクスクスと笑うが、誰も笑いはしなかった。

すでにふたり脱落《だつらく》してしまっているが、残った者は全員アルシエラの傍《そば》に集まる。

注目されて、アルシエラはどこか懐《なつ》かしそうに語り始めた。

「どこから話したものですかしら。……ええ、そうですわね。やはり、貴姉のことからですかしら」

そう言って目を向けたのは、どういうわけか黒花だった。

「え、あたし……ですか？」

「黒花、あなたが持つ〈天無月〉、あの方はそのかつての持ち主でしたわ」

――また、点と点が繋《つな》がった。

それも、恐《おそ》らくザガンがまるで予期せぬところで。

これにはネフィだけでなくリリスたちも目を見開いた。

「ちょっと待ってください、御方。それじゃあ、王さまはリュカオーンの人間なの？」

「ある意味ではそうとも言えますけれど、違うとも言えますわ。まあ縁《えん》がないわけではない、くらいに思ってくださいな」

はぐらかすような言葉だが、アルシエラにしてはきちんと答えてくれた方だろう。

アルシエラは愛《いと》しげとさえ言える口調で続ける。

「とても強くて、立派な方でしたのよ？　誰よりも前で戦って、勝ち目なんてない戦いでしたのに、最後には本当に打ち勝ってしまわれた」

恐らくアルシエラにとっても、大切な記憶なのだろう。ネフィにはそう語るアルシエラが泣いているようにも見えた。

それから、怖ず怖ずと問いかける。

「あの、その方のお名前は、聞いてもよろしいのでしょうか」

アルシエラは迷うように沈黙《ちんもく》するが、やがてこう答えた。

「あの方は、ご自分の名前を残すことを望みませんでしたわ。だからあたくしにはその名前を口にすることができない。ですけど、確かこうも呼ばれていましたわね」

贖罪《しょくざい》のように、嘆《なげ》くように、アルシエラはその名を口にした。


「――、、、、――」


しんっと、浴場が静まり返った。

その名前は、ある意味では当然のものだったのかもしれない。だってかつてリュカオーンで相まみえたとき、彼女《かのじょ》は最初にこう言っていたではないか。

――嗚呼《ああ》、本当に驚《おどろ》きましたわ。まさかもう一度貴兄《きけい》と会える日がくるだなんて――

そして、その人物は恐らくもう……。

誰も、口を開けなかった。

やがて、アルシエラは静かに湯船から上がる。

「少し、話しすぎてしまいましたわね。夜風にでも、あたってきますわ」

「アルシエラ殿」

その背中を、オリアスが呼び止める。

「素敵《すてき》な話だった。次は、差しで飲みたいわ」

「ええ、貴姉となら是非《ぜひ》とも」

そう返して、アルシエラは去っていった。

◇

時刻は多少前後する。

女湯を覗きたいバルバロスと阻止《そし》したいザガンの戦いは、城を離《はな》れて森の奥《おく》へと場を移していた。

――バルバロスのやつ、今日はずいぶんと粘《ねば》る！

まさか〈天燐《てんりん》〉まで使って生き延びるとは思わなかった。認めたくはないが、この男もザガンと同じく力を蓄《たくわ》えていたのだ。空位ができたなら本当に次の〈魔王〉としてザガンの前に立ち塞《ふさ》がるかもしれない。

まあ、それほどの力を女湯を覗《のぞ》くという、果てしなく小さいことに費やしているのだからやはり〈魔王〉の椅子《いす》は遠いような気もするが。

「……ったく。おい、バルバロス。そろそろ終《しま》いにするぞ」

とはいえ、そんな虚《むな》しい戦いが始まってかれこれ二、三刻も経とうとしていた。さすがにそろそろネフィたちもお開きになっているころだろう。時間切れである。

ザガンは殺す気で魔術をたたき込んでいたのに、バルバロスは時間切れまで凌《しの》ぎきった。そういった意味では、今回は引き分けだろうか。

――こいつ、力はあるのになんでこんな阿呆《あほ》なんだろうな。

つくづく、度しがたい。

地面に手足を投げだし、バルバロスもため息をもらす。

「はあ、クソ。今回も勝てなかった」

「貴様もいい加減、学習したらどうだ?」

「うっせ。次は絶対殺す」

始まりはしょうもない理由ではあったが、もしかしたら途中から覗《のぞ》きなど関係なくなっていたのかもしれない。

とはいえ、少しはしゃぎ過ぎたかもしれない。〈魔王〉とそれに次ぐ魔術師《まじゅつし》が本気で殴《なぐ》り合っていたのだ。周囲の木々はへし折れ、地面は地割れまで起こっている。

修復しておかないと迷い込んだ一般人《いっぱんじん》が事故に遭《あ》いそうだし、折れた木々は元の場所に戻せばいいというものではない。

後始末を考えると頭が痛かったが、ザガンはバルバロスを蹴飛《けと》ばして起こす。

「おい、いい加減起きろ。貴様のおかげで、せっかくの打ち上げが流れてしまったではないか。飲み直すぞ」

「ふざけんな。こっちは内臓破裂《ないぞうはれつ》してんのに酒なんか飲めるか」

ザガンの渾身《こんしん》の拳《こぶし》が何度か腹に入っているため、バルバロスの言うことも嘘《うそ》ではないだろう。まだ再生が終わっていないようで、憎《にく》まれ口《ぐち》にも力が入っていなかった。

――シャックスのやつ、ちゃんと生きてるといいがな……。

念のためにキメリエスも呼んでおいたから、最悪でも死んではいないとは思うが。

そうして城に引き返そうとしたときだった。

『うふふっ、きひひひっ、嗚呼、嗚呼、ようやくお会いできましたわ』

甘ったるい、不気味な声が響いた。

――アルシエラ……ではない。なんだこいつは？

背筋に怖気《おぞけ》が走り、バルバロスも飛び起きて身構える。

それは、人によく似た形の〝影《かげ》〟だった。頭の部分に、月のような金色の瞳が浮かんでいる。周囲は倒《たお》れた木々と地割れで、とうてい歩けるような状態ではないがどこから現れたのか。まるで空から降りてきたかのようだ。

そもそも、多少暴れたとはいえここはザガンの結界の中である。ザガンに気付かれずに侵入《しんにゅう》するなど不可能だ。それこそ、よほど力の差でもない限り。

「……おいザガン。こいつはてめえの仕込みじゃねえだろうな？」

「馬鹿《ばか》を言うな。貴様の知り合いではないのか？　悪趣味《あくしゅみ》な〝影〟がそっくりだぞ」

軽口でも叩き合っていなければ、後退《あとずさ》ってしまいそうだった。

既視感《きしかん》。姿はまるで違うが、かつてビフロンスが呼び出した魔神の残留思念、その〝泥《どろ》〟をなぜか思い出した。

会話ができるのかも怪しいが、一応言葉をしゃべっているように聞こえたのでザガンは警告を放つ。

「おい貴様、何者だ？　なぜここにいる？」

言いながら、手の中でいくつかの魔術を組み立てる。バルバロスとの馬鹿騒《ばかさわ》ぎのおかげで、手持ちの魔術が残り少ないのだ。警告は手札を用意するための時間稼《じかんかせ》ぎでもあった。

バルバロスもさっさと退散の算段を立てているようで、〈煉獄《れんごく》〉への通り道を構築しようとしている。

そうしながらも油断なく〝影〟を観察して、気付く。

〝影〟は、いつの間にか両手に剣のようなものを握っていたのだ。

――初めから持っていたのか？

もしそうでないとしたら、抜《ぬ》いた瞬間《しゅんかん》が見えなかったということになる。ザガンはこれを〈魔王〉と同等の脅威《きょうい》と認識《にんしき》し直した。

金色の眼がギョロリとザガンを見る。

「……ちっ、鬱陶《うっとう》しい」

瞬間、恐怖《きょうふ》や嫌悪《けんお》、焦燥《しょうそう》といった感情が揺《ゆ》さぶられた。

――魔眼《まがん》の一種か？　厄介《やっかい》な。

気を強く持って身構えていたから大した打撃《だげき》ではないが、無防備に見つめられたら大抵《たいてい》の者は昏倒《こんとう》するだろう。こうして対峙《たいじ》しているだけで気力を削《けず》られるようなものだ。

再び〝影〟が嗤《わら》う。

『見つけた、見つけた、愛しいあの方の〝心臓〟』

ザガンは寒気さえ覚えた。

――こいつの狙《ねら》いは、〈魔王の刻印〉か！

しかも〈刻印〉の意味まで知っているようだ。

そこで、ザガンも手札が完成した。

――悪いが、俺《おれ》は化け物と話し合いを期待するほど、楽観的ではないのでな。

手の中に紡《つむ》いだのは黒い炎《ほのお》。命そのものを焼き尽《つ》くす〈天燐〉。それが五指全《すべ》てに灯《とも》り、振るった腕《うで》の軌《き》跡《せき》に沿って刃《は》を紡ぐ。


「――〈天燐・五連大華〉――」


かつてオリアスが操《あやつ》る魔《ま》族《ぞく》すら屠《ほふ》った一撃《いちげき》。いくつか試作した型の中でも、最大最速を誇《ほこ》る最強の禁呪《きんじゅ》である。

刃となった〈天燐〉はザガンの指を離れ、五方向から同時に〝影〟を襲《おそ》った。

『きひひっ、いひひひっ、円舞《ワルツ》はお好き？』

〝影〟は刃のひとつに向かって身を躍《おど》らせると、斬《き》り結《むす》ぶつもりなのかその手の剣を突《つ》き出した。

――速い……っが、無《む》駄《だ》だ！

刃ひとつでも魔族の装甲《そうこう》すら貫《つらぬ》く一撃である。どんな名剣《めいけん》かは知らないが、受けられるものではない。その、はずだった。

パキンッと、澄《す》んだ音を立てて刃が砕《くだ》けた。

〝影〟の剣ではない。〈天燐〉が砕かれたのだ。

「馬鹿な――」

しかし刃はまだ四本残っている。回避《かいひ》しようとも〝影〟を追跡《ついせき》して襲いかかる。

なのだが〝影〟は踊《おど》るように両手の剣を振るい、二本、三本と〈天燐〉の刃を撃墜《げきつい》する。

流れるような連撃は、ついに五本全ての刃を打ち砕いていた。

理解が追いつかなかった。

あるいは魔族の中には耐《た》えきる者が現れるかもしれない。もしくはバルバロスのような空間転移などで回避することが可能かもしれない。決して不破の魔術と、慢心《まんしん》したことはなかった。

だが、正面から打ち破られるなど誰が想像できよう。

五本同時にたたき込むことからこそ必殺の〈五連大華〉を、この〝影〟は体捌《たいさば》きと剣技《けんぎ》だけでただの五連撃にしてしまったのだ。それも初見で、である。

そしてそれはザガンの魔術より速いという証明でもあった。

「おいザガン！」

最強の一撃を破られ、硬直《こうちょく》したのはほんの一瞬《いっしゅん》だった。

だが、その一瞬で〝影〟はザガンの目の前まで迫《せま》っていた。その手の剣が首へと走る。

――避《さ》けられん……っ！

そう思った瞬間、足下《あしもと》から地面がなくなった。ガクンと体が沈み、恐るべき剣が鼻先をかすめて逸れる。

そして次の瞬間には〝影〟から離れたバルバロスの隣へと引っ張り出されていた。

「弾《はじ》けろ――〈黒針《こくしん》〉！」

バルバロスの呼びかけに、直前までザガンがいた場所――バルバロスが開いた〈煉獄〉から影でできた無数の針が突き出す。

剣を振るった直後にこの攻撃《こうげき》は〝影〟も避けきれなかったらしい。全身串刺《くしざ》しとなっていた。

『いいひひひっ、ドレスが台無し。円舞《ワルツ》はお嫌《きら》い？』

体を貫かれたまま〝影〟は剣を振るう。バルバロスの〈黒針〉も〈五連大華〉と同じく脆《もろ》くも砕かれてしまった。

「冗談《じょうだん》だろ。不死身かこいつ？」

そこで、雲の隙間から月明かりが差し込む。

多少は打撃を与《あた》えていたのか、その身を包む〝影〟が晴れ、正体が垣間見《かいまみ》えていた。

その顔を見て、ザガンは目を疑った。

「馬鹿な……。なぜ、お前が……？」

手に握るのは二振《ふ》りの偃月刀。破れてボロボロになったドレス。年《とし》の頃《ころ》は十四、五ほどだろうか。リゼットと同じ顔をした少女。

それはキュアノエイデスで消失した双子《ふたご》の片割れ、アリステラだった。

ただ、その顔にかつての面影《おもかげ》はなく、壊《こわ》れた笑《え》みを浮かべて不自然な角度に首を傾けている。

「……喰《く》われたのか。哀《あわ》れだな」

ザガンは瞬時《しゅんじ》にそう見抜《みぬ》いた。

これはもう、黒花と戦い、怖《こわ》いと震《ふる》えていたあの哀れな少女ではない。その少女はもう消えてしまったのだ。ここにいるのはただの抜《ぬ》け殻《がら》で、操《あやつ》り人形《にんぎょう》のようなものだった。

言葉を交《か》わしたこともなければそもそも敵だが、この姿には同情する。

ザガンにしてやれることは、せめて楽にしてやることくらいだろう。

――だが、強い。

ザガンの〈五連大華〉はもちろんのこと、バルバロスが放った〈黒針〉とて、この男が使えば〈魔王〉に届きうるほどの魔術だったはずだ。

それが完封《かんぷう》された。

さらにその手に握られた偃月刀である。なにかしらの〝力〟で覆っているのだろうが〈天燐〉を打ち砕いたということは〝アリステラ〟の攻撃全て《こうげきすべ》が〈天燐〉と同等の破壊力《はかいりょく》を持つということだ。

ザガンは強がるように笑う。

「俺を助けるとは、お前にしては殊勝《しゅしょう》な心がけだな、バルバロス」

「……はっ、冗談じゃねえ。誰がてめえなんぞ助けるか」

ただ、とバルバロスは続ける。

「てめえが負けたら、次はポンコツがやられる。あいつは頭悪いからな。勝てねえくせにケンカ売る。絶対にそうする」

あの少女は誇り高い聖騎士長だから、守るべき誰かがいる限り戦う。だから、バルバロスは退くわけにはいかないのだ。

この男がここまで覚悟《かくご》を決めていることで、ザガンもようやく悟《さと》った。

「なるほど、これは傲慢《ごうまん》に見下ろし、踏《ふ》みにじるべき有象無象《うぞうむぞう》ではないのだな。死力を尽くし、全身全霊《ぜんしんぜんれい》で挑《いど》むべき敵なのだな」

〝技《わざ》〟を頼《たよ》るのは恥《はじ》だとか、魔術で戦うだとか、そんな小さいことにこだわっていていい相手ではないのだ。死《し》に物狂《ものぐる》いで浅ましいほど足掻《あが》いて、立ち向かわなければならない敵なのだ。

ザガンは襟《えり》の金具を外す。

はらりとマントが体を離れ、地面に落ちた。

これも幾多《いくた》の魔術を仕込んだ魔術師の要塞《ようさい》とも呼ぶべき防具のひとつである。敵を前にそれを放棄《ほうき》するという愚挙《ぐきょ》を、ザガンは敢《あ》えて冒《おか》す。

――これは魔術を使うには便利だが、〝技〟を振るうには邪魔《じゃま》だからな。

敗北が許されないのはザガンも同じなのだ。ザガンの後ろにはネフィやフォル、守るべき配下たちがいて、一歩退くごとに彼《かれ》らの命が危険にさらされる。

だから、前に進み、勝利をもぎ取る以外の選択肢《せんたくし》はないのだ。

覚悟が決まったのを確かめ、バルバロスが口を開く。

「それで？　なんか手はあるのかよ」

「そんな都合のいいものはない。いつも通り、当たるまで拳を振り上げるだけだ」

だが、そこで紡ぐ魔術は拳ではなく、足へと現れていた。

魔力《まりょく》の具足——そう表現すべき甲冑《かっちゅう》が、ザガンの足下に紡がれていた。

「貴様の方こそ、合わせられるのだろうな？」

「はっ、てめえの考えることなんざお見通しだよ。くだらねえこと気にしてんじゃねえ」

忌々《いまいま》しくも頼《たの》もしい悪友に、ザガンは自然と笑うことができた。

「では、やるぞ。あれは俺たちの命を懸《か》けて倒すべき敵だ」

◇

〝アリステラ〟が疾駆《しっく》する。狙いはザガン——いや、その右手の〈刻印〉である。

ザガンの魔術を上回るその速度を前に、いかなる防御《ぼうぎょ》も遅《おそ》すぎる。

だが、ザガンは前に出た。

直前に紡いだ魔力の具足。その具足が踏み出す一歩は、岩盤《がんばん》を踏み割り、ザガンの体を人の知覚では未到達《みとうたつ》の領域へと加速させる。

それはもはや、まばたきすらせずに戦場を凝視《ぎょうし》する魔術師の、バルバロスの目にすら映らぬほどに。

音を置き去りにして、影が地に落ちるよりも速く。

「――〈天輪・絶影《ぜつえい》〉――」

〈天鱗〉と同じ魔力の光。しかし周囲の魔力を喰らって無限に強度を増すそれではない。

魔力を喰らうという構造は同じだが、強度ではなく推力へと変換《へんかん》する魔術だった。

これにより、ザガンは初めて〝アリステラ〟の動きに追いつく。

だが、追いつくだけでは拳は当たらない。なぜなら〝アリステラ〟の剣捌《けんさば》きは〈五連大華〉すら完封するほどで、拳と剣が打ち合えば敗れるのは拳なのだから。

――そんな当たり前を覆《くつがえ》すための〝技〟だ！

子供の力でも大人を打ち倒し、鋼《はがね》の鎧《よろい》を砕き、剣よりも速く打ち抜く。

なぜただの拳がそれを可能にするのか。

ケンカで振るう拳と〝技〟のなにが違うのか。

ザガンはまた一歩を踏み出す。

劇的な加速はさらに前へと体を撃《う》ち出す。

〝アリステラ〟の剣が空を斬り、逆にザガンは拳を打ち込む最良の位置を確保する。

ただの拳を〝技〟にする要因はなにか。

それは、歩の踏み方である。

黒花の〈朧夜《おぼろや》〉然《しか》り、複製《コピー》アンドレアルフスを撃破《げきは》したデカラビア然り、体捌きの根幹は地を踏む足にある。

それを最効率で最速に、最大限に力へと変換する術を〝技〟と呼ぶのだ。

〝アリステラ〟がぎくりと身を強張らせたときには、もう遅かった。

地を踏む。

爆発的《ばくはってき》な推力が、今度は前ではなく真上へとザガンの体を押《お》し上《あ》げる。

固く握られた拳を切っ先に、一条《ひとすじ》の矢のごとく。

『ぎい――――っ？』

〝アリステラ〟は偃月刀で拳を受けるが、その小さな体ごと吹《ふ》き飛《と》ばされた。

距離《きょり》を離される。

〈絶影〉を以《もっ》てしても彼我《ひが》の距離は瞬時には埋《う》められない。

それでも、ザガンはかまわず拳を握って次の一歩を踏み出す。

ズブリと、その足が地面の中に――いや、影の中へと沈んだ。

直後、ザガンの体は〝アリステラ〟の背後に移動していた。

〝アリステラ〟が振り返ろうとしたときには、すでにザガンは拳を放っていた。

受けようとした偃月刀が手から弾かれる。

「――〈黒針〉！」

ザガンと〝アリステラ〟の動きは、すでにバルバロスの知覚の外にある。にも拘《かか》わらず、バルバロスは完璧《かんぺき》なタイミングで〈黒針〉を発動させる。

十年にわたっていがみ合い、ザガンが〈魔王〉になってなお平然と殴り合ってきたふたりだからわかるのだ。

互《たが》いの癖《くせ》も、呼吸も、考えも。

〝アリステラ〟の華奢《きゃしゃ》な体を、影の槍《やり》が貫く。

『ごはっ』

吐《は》き出された血は、真っ黒だった。生き物の血の色ではない。

それでも、倒すには至らない。そもそも打撃が通っているのかも疑わしい。

――だが、十分だ。

ザガンの五指に再び黒い炎が灯る。これは宙に向かって放つこともできるが、それが目的なら手の中に紡ぐ必要はない。〈五連大華〉が指に灯るのは、これを拳と共に直接たたき込むのが本来の使い方だからだった。

偃月刀を失い、〈黒針〉に貫かれた体が自由を取り戻すには、一瞬は動きが止まる。

一瞬あれば〈天燐〉を紡げる。

そうして哀れな人形にトドメを振り下ろそうとしたときだった。


「やめて！　お願い、アリステラを殺さないで！」


血を吐くような叫《さけ》びに、迷ってしまった。

『きひひひっ、いけない子！』

その迷いが〝アリステラ〟に脱出《だつしゅつ》の隙《すき》を与えてしまう。

〈黒針〉が虫に食われるように穴だらけになり、砕ける。〈五連大華〉を灯した右手は届くことなく、逆に痛烈《つうれつ》な回《まわ》し蹴《げ》りを受けてしまった。

「がはっ」

「なにやってんだザガン！」

地面に叩《たた》き付《つ》けられるザガンを、バルバロスの〈煉獄〉が飲み込む。慣性の法則を中和して、再びバルバロスの隣に引っ張り戻された。

と、そのときにはもう〝アリステラ〟は偃月刀を取り戻している。

――いまの声は……？

声の主を捜すと、ふらふらとした足取りで、胸当てをつけた少女がさまよい出ていた。

デクスィアと言っただろうか。双子のもう一方である。

「お願い、アリステラを、殺さないで。アタシの、せいなの。あんなふうになったのは、アタシが悪いの。だからお願、い……」

言い終わる前に、デクスィアは倒れてしまう。

それでも、譫言《うわごと》のように続ける。

「都合がいいこと、言ってるのは、わかってる。でも、お願い。助けて……」

涙《なみだ》と鼻水と泥でぐしゃぐしゃになった顔で、少女は懇願《こんがん》する。

「おい、変な気を起こすんじゃねえぞ？　あれは無理だ。もう手遅《ておく》れだ。甘《あま》いこと考えたらこっちがやられるぞ」

バルバロスの言葉は正しい。だからザガンも頷《うなず》く。

「当たり前だ。これで仕留めるぞ」

デクスィアを無視して、ザガンは拳を握《にぎ》る。

さっきの懇願が最後の力だったのだろう。地に伏《ふ》した少女は、意識こそあるもののヒューヒューと掠《かす》れた吐息《といき》を漏《も》らすだけだった。

——同じ手は何度も通じん。

全てを懸けなければ届かないのだ。

「——〈絶影〉——」

再び地を蹴《け》る。

〝アリステラ〟が偃月刀を振るう。だがその太刀《たち》筋《すじ》はすでに見切っている。ザガンはさらに一歩を踏み込んで剣閃を掻《か》い潜《くぐ》った。

ただ、それは〝アリステラ〟もわかっていたのだろう。

踏み込んだその先に、もう一振《ひとふ》りの偃月刀が迫っていた。

——地を踏むだけが、歩の踏み方ではないぞ！

次に踏み出す一歩は、地ではなく宙へと向けられていた。

たった一歩で音すら越《こ》える脚力《きやくりよく》を、そのまま蹴りに乗せる。

偃月刀と蹴りが衝突《しようとつ》する。

キンッと鋭《するど》い音が響《ひび》き、刃が半ばほどから消失する。折ったのだ。

だが、偃月刀はもう一本ある。

動作《モーション》の大きな蹴りの直後で体が伸《の》びきってしまう。そんなザガンの体が、またしても〈煉獄〉へと沈《しず》む。

目の前にいるザガンの動きは見切れても、バルバロスの魔術《まじゅつ》までは見切れない。

次にザガンが現れたのは〝アリステラ〟の真上だった。

〈煉獄〉が開いたのは折られて宙を舞《ま》う切っ先の影。

そしてすでにザガンの手には〈五連大華〉の黒い炎が灯っている。

ただ、そのときアリステラはザガンを見てはいなかった。動きを追えなかったわけではない。

その瞳《ひとみ》は、地に伏したデクスィアへと向けられていた。

「――っ――〈右天・左天〉！」

紡いだ〈五連大華〉を無敵の盾《たて》へと変換する。

「――このっ、馬鹿野郎《ばかやろう》！」

当然、生じる一瞬の隙。

〝アリステラ〟の瞳が金色に染まり、ザガンを見上げた。

その手に握った偃月刀が突き上げられる。

――一手、足りない！

相打ち。

それを覚悟したときだった。

『ひとつ貸しだよ？〈魔王《まおう》〉ザガン』

直後、不可視《ふかし》の魔力が〝アリステラ〟に叩き付けられる。並みの魔術師ならそれだけで圧死するだろう、凄《すさ》まじき魔力の奔流《ほんりゅう》に動きが完全に止まった。

ザガンではない。バルバロスでもない。さらにその遥《はる》か上空。

――ビフロンス……だとっ？

この戦いを覗《のぞ》き見《み》ていたのだろう。あの少年とも少女ともつかぬ〈魔王〉が、空からこちらを見下ろしていた。

しかし千載一遇《せんざいいちぐう》の好機。

「取り押さえろ――〈右天・左天〉！」

〈天鱗〉で紡いだ左右の甲冑が〝アリステラ〟を包み込む。

『あっがあああああああっ！』

魔力も命も喰らって強度に変えるのが〈天鱗〉だ。その身を覆《おお》う〝影〟とて喰らい尽くす。

これに掴《つか》まれたら〝アリステラ〟は見た目通りの、ただの少女でしかない。

抵抗《ていこう》できたのはほんの数秒のことだろう。絶叫《ぜっきょう》を上げて、哀れな少女は動かなくなった。

それが、異形の襲撃者《しゅうげきしゃ》との決着だった。

◇

「アリステラ……」

デクスィアが片割れの少女にすがりつく。

〈右天〉と〈左天〉で地面に押さえ込んではいるが、これは果たして誰なのだろう。

仮にあの〝影〟が去ったとして、この少女がアリステラとして目を覚ますことはあるのだろうか。

空を見上げる。

ビフロンスの姿はもう見えない。

これもあの〈魔王〉の計略なのだろうか。それとも、まったく別のなにかなのだろうか。

そこに勝利の余韻《よいん》など微塵《みじん》もなく、なにも終わっていないのだという気味の悪さだけがどんよりと広がっていた。

「それで？　お前、これをどうするつもりだよ」

倒しはしたものの、まだこれがなんなのかすらわかっていないのだ。助ける助けない以前の問題だった。ただ、それでも……。

「〈五連大華〉を撃ち込もうとしたとき、こいつは俺を見ていなかった」

なぜあのとき、ザガンが手を止める要因などなく、死の最後の瞬間になるだろうそのときに、デクスィアを見ていたのか。

――化け物の中に、まだ姉妹を気に懸ける心が残っているのか？

人としての欠片《かけら》が、まだ残っているのだとしたら――

「もし、まだ助かるなら、一度くらいはチャンスを与えてもいいと思った」

これまで数多《あまた》の有象無象を蹴散《けち》らしてきた。当然殺した人間などいくらでもいる。ネフィと出会って変わったような気がしても、癇《かん》に障《さわ》ったという理由で聖騎《せいき》士団長《しだんちょう》のガキを殺そうとした。

そんなザガンがいまさら善人ぶるなど、偽善《ぎぜん》もいいところである。

――それでも、俺にはネフィと出会えた。

クソのような人生で、ネフィというチャンスに巡《めぐ》り会《あ》えたのだ。

だから、見下げ果てた悪党にだって、一度くらいそんなチャンスがあってもいいと考えてしまったのだ。

バルバロスがため息をもらす。

「お前、そのうち絶対後悔《こうかい》するぞ」

「……かもな」

そもそも、まだこれを救えるのかどうかすらわからないのだ。

ザガンはバルバロスに語りかける。

「ゴメリとシャックスを呼んできてくれ。俺はここを動けんし、手当てもできん。だがあいつらなら――」

そう言いかけたときだった。

「アリステラ！」

デクスィアが歓喜《かんき》の声を上げる。どうやらアリステラに意識が戻《もど》ったらしい。

ただ、その瞳は金色で、壊れた笑みを浮《う》かべていた。

『きひひひいいいいっ！』

けたたましい笑い声を上げて〝アリステラ〟が身を起こす。〈右天・左天〉が押さえつけるのも無視してである。

ブチブチブチッと、なにかがちぎれる音が聞こえた。

それがなんなのか、すぐにわかることになる。身を起こした〝アリステラ〟には、両腕《りょううで》がなかった。

——こいつ、自分の腕を引きちぎって……！

気付いたときには〝アリステラ〟はもう飛びかかってきていた。

〈天鱗〉は〝アリステラ〟の拘束《こうそく》に使ってしまった。〈絶影〉も解けてしまった。ゴメリたちを呼びに行こうとしたバルバロスも、とっさには動けない。

これを止められる者は、ここにはいなかった。


「哀れなのですわ」


その声は、ザガンのすぐ後ろから聞こえた。

ビシャッと水っぽい音を立てて〝アリステラ〟の体が胴《どう》から千切れた。下半身は黒い球体に飲まれ、上半身が勢いをなくして地面に落ちる。

「え……？」

なにが起きたのか理解できないように、デクスィアが呆《ほう》けた声をもらす。

視線を下ろすとザガンの脇《わき》の下、腰《こし》の隣《となり》から鉄の筒《つつ》が突き出していた。

〝天使狩り《てんしが》〟――ザガンの〈天燐〉と同等の破壊《はかい》を生む兵器。

「アルシエラ……」

いつの間に現れたのか、いつものようにぬいぐるみを抱《だ》きしめたアルシエラがそこに立っていた。

「これは、あたくしの敵ですの。あたくしの敵を、あたくしが始末した。ただそれだけなのですわ」

どこまでも傲慢で、どこまでも切ない声だった。

――結局、ただの一度のチャンスも与えられなかったわけか。

アルシエラが悪いわけではない。ザガンの油断が招いた結果である。

デクスィアのか細い声が響く。

「う、そ……。嘘よね。こんなの、アリステラ……アリステラァッ！」

胸から上のわずかな残骸《ざんがい》を残すだけの少女に、デクスィアがすがりつく。

見ていられなくなって、ザガンは顔を背《そむ》けそうになった。

そんな哀れな少女の残骸が、突然塵《とつぜんちり》のような結晶《けっしょう》に覆われた。

「――泣いている暇《ひま》があったら蘇生《そせい》を手伝え」

目を疑いたくなることに、それはビフロンスだった。

体を覆う結晶は、どうやら治療《ちりょう》をしているらしい。失われた臓腑《ぞうふ》——といっても心臓以外ほとんど残っていないが——を補填《ほてん》しようとしているようだ。

呆けた顔をするデクスィアを叱咤《しった》する。

「キミたちは双子だろう？　自分の心臓とこいつの体をリンクさせて、魂魄《こんぱく》をつなぎ止めろ。自我《じが》が消失するぞ！」

「は、はい！」

デクスィアが自分とアリステラの心臓を魔力で繋《つな》ぐ。それで蘇生できるわけではないが、一時的に相手の命を自分の体に同居させるくらいはできるかもしれない。

だが、あまりに白々しい演技にザガンは手の中に魔術を紡いだ。

——なにを企《たくら》んでいるのか知らんが、アリステラを化け物にしたのはこいつ《ビフロンス》のはずだ。

ビフロンスとシアカーンが通じている以上、デクスィアとアリステラを街に放ったのはビフロンスで間違《まちが》いない。だが街での様子を見た限りでは、本人たちもなにをすればいいのかわかっていないようだった。

では、なにが狙いだったのか。

いまの〝影〟の生け贄《いけにえ》だったと考えれば、全て頷ける。

――この距離なら外さん。

〈五連大華〉を撃ち込めば、いくらビフロンスでも死ぬだろう。確実に配下にも害を及《およ》ぼすだろう敵を殺すチャンスがあるのに、見逃《みのが》すのは王たる者の選択《せんたく》ではない。

容赦《ようしゃ》なく殺気を叩き付けて――……しかし、ザガンは魔術を消した。

――だが、男のすることではないな。

ザガンはネフィに誇れる男でありたい。敵とはいえ無防備な相手を後ろから襲うような男は、ネフィに相応《ふさわ》しいとは思わない。

ザガンが手を引いたのを見て、アルシエラが〝天使狩り〟を向ける。

「……見逃してやれ」

〝天使狩り〟を上から押さえ、ザガンはそれを止めた。

「きっと、後悔《こうかい》しますわよ？」

まさに悪友から告げられたばかりの忠告である。

「たぶん、お前たちの方が正しいんだろう。だが、俺はチャンスを与えたいと思った」

それが、ザガンがアリステラを殺さなかった理由だ。

デクスィアたちはもう一度消えゆく少女にチャンスを与えようとしている。それを否定したくなかった。

やがて処置が終わったのか、ビフロンスが立ち上がる。

「ふふ、キミなら後ろからでも容赦なく殺すんじゃないかと、冷や冷やしたよ」

「……ふん。これで貸し借りはなしだ」

最後の瞬間、ビフロンスが〝アリステラ〟の動きを止めなければザガンは死んでいた。

ビフロンスはそれも計画のうちだと言うように微笑《ほほえ》む。

「ひひひっ、やはり、血は争えないみたいだね」

「なんの話だ？」

その問いに答える前に、ビフロンスの体は塵《ちり》となって崩《くず》れ始める。デクスィアとアリステラもそうだ。

先ほどの戦闘《せんとう》でずいぶん結界が破壊されたとはいえ、ザガンの領地でこれほど堂々と転移魔術を使える魔術師《まじゅつし》はバルバロスくらいのものだと思っていた。

忌々しくその光景を睨《にら》みつけるうちに、ビフロンスたちの姿は消えていた。

『キミは王の器じゃない。英雄《えいゆう》の器だ。だから、この先の戦いに加わる権利がある』

希望のような、呪《のろ》いのような、そんな言葉が風の中に消えていった。

# ✡ エピローグ

「やはり、風呂《ふろ》の良さとやらはよくわからんな」

ザガンはひとり、大浴場に浸《つ》かっていた。

〝アリステラ〟を撃退《げきたい》し、なんとか周囲の後始末を終えて城に戻ると当然のことながら宴《うたげ》は終わっていた。バルバロスと揉《も》めた時点で戻るのが遅くなるのは見えていたし、配下たちにも待たなくていいと伝えておいたので仕方がない。

それでも気になるネフィの親孝行や、ラーファエルとシャックスの取り持ちは、それなりに上手《うま》くいったようだ。

成果としては上々なのだろうが、ひとりで入る風呂というものはあの後味の悪さを拭《ぬぐ》うには力不足だった。まあ、疲《つか》れを癒《い》やす程度の効果は期待できそうなので、別にいいが。

今回、ザガンはなにも失っていない。配下たちも守ったし、親孝行の計画もおおむね成功した。それに警戒《けいかい》すべき脅威の確認《かくにん》や敵の正体など、得られた情報も多かった。

ただ――

――あいつ、助けてやれなかったな……。

別に助ける義理もなければどんなやつかも知らない。

それでも、気まぐれ程度の気持ちだったとしても、ザガンは助けようと思って、失敗したのだ。しかもその尻拭《しりぬぐ》いを、自分以外の者にやらせてしまった。

度しがたいほどに、後味が悪かった。

「……はあ」

そしてついため息をもらしてしまう。

こんな無様な姿を配下にさらすわけにはいかないので、男湯の入り口には〝立ち入り禁止〟と書かれた札を下げておいた。誰《だれ》が用意したのかは知らないが、気の利《き》いた看板だ。

そうして気持ちを持ち直そうと四苦八苦していたときだった。

「ザガンさま、失礼します」

がらりと浴室の扉《とびら》が開いた。

――ん？　〝立ち入り禁止〟の札は下げておいたんだが、効果がなかったか？

とはいえ、この声はネフィのようだ。ネフィならまあ仕方がない。他《ほか》に入っているものもいないのだし。

「あの、お背中を流そうかと思って。入ってもよろしいでしょうか？」

「ああ、かまわな――」

そこで、ようやく気付く。

――あれ？　ここは風呂で俺《おれ》は男でここは男湯で女の子のネフィが入ってくるのってあれ？　それでいいんだっけ？　というか風呂というものは裸《はだか》で入るもので俺が裸なのはおかしなことじゃないよな？　というかあれ？

〈魔王〉の知性をもってしても処理できない混乱がこみ上げる。

――お、おお落ち着けえっ！　俺が裸だからといってネフィがそうとは限らんだろう！　普《ふ》通《つう》にいつもの侍《じ》女《じょ》姿で、ちょっと腕《うで》まくりをしているだけとか、そういうのに決まっている。背中を流すと言っているだけだし、それなら裸にならなくても大丈夫《だいじょうぶ》だし！

魔術で脳内のドーパミンの放出を止めたかったが、ここは魔術が使えないように設計してしまった。ザガンでもそれは例外ではない。

――あ、そうだ。マルクが痛みとか抑《おさ》える呼吸法を教えてくれたはずだ。

痛みを和《やわ》らげ、意識を覚醒《かくせい》させ、一時的に平時に近い状態を取り戻すための〝技〟だ。

禁じ手としてきた〝技〟すら頼って平静を取り戻すと、ザガンはようやくネフィを振《ふ》り返った。

「えっと、洗い終わってしまったのでしたら、ごいっしょに晩酌《ばんしゃく》でもどうでしょうか？」

手に小さな桶《おけ》を抱《かか》え、立《た》ち尽《つ》くすネフィはタオルを巻いただけの裸身《らしん》だった。

「ほわあああああああああああああああああああああっ？」

──ほわああああああああああああああああああっ？

それは初めて心の声と口に出た言葉が完全に一致《いっち》した瞬間《しゅんかん》だったのかもしれない。

肌《はだ》の露出《ろしゅつ》で言うならいつぞやの海で見た水着の方が激しかったはずだが、それを遙かに上回る衝撃《しょうげき》がザガンの心臓を襲《おそ》った。

そのままついつい凝視していると、ネフィも耳というかもう白い肩《かた》や太ももまで真《ま》っ赤《か》にして顔を覆ってしまう。

「ひゅうっ、あの、あのっ、あまり、見ないでください」

「あ、うん！　す、すすすすまん！」

なんとか顔を逸《そ》らすものの、心臓はバクバクと鳴ってしまい、とてもではないが平静を装えない。〝技〟の呼吸法ですらこの瞬間では無力だった。

──え、なにこの状況《じょうきょう》？　俺、死ぬのか？

死を間近に感じてしまうほどの動揺《どうよう》がザガンを襲っていた。だがそこで感じるのは恐怖《きょうふ》ではなく、なんかこう歓喜とか幸福とかそういう感じのものだった。パニックを起こしているザガンにはそれをまともな言葉にできそうにないが。

あわあわと取り乱していると、ネフィがすぐ後ろに立つ。

「ザ、ザガンさま、お隣、失礼してもよろしいでしょうか?」

「はうっ? あわ、ああっと、う、うむ! 許そう!」

「はい」

ちゃぷんと細いつま先が湯船に浸かり、続いて柔《やわ》らかそうなふくらはぎ、繊細《せんさい》な膝《ひざ》、スラリとした太ももが入っていく。

そこから上はタオルに阻《はば》まれて肌は隠《かく》されているが、ふくよかな臀部《でんぶ》からほっそりとした腰へと続く美しい体の曲線が浮《う》き彫《ぼ》りになっていた。タオルが解《ほど》けぬよう、強めに巻いてあるのだろう。胸の膨《ふく》らみはギュッと押しつぶされ、逆にこぼれ落ちそうに見えた。

真っ白な髪《かみ》が湯船に広がる。

どうやら束ねておくつもりだったらしい。慌《あわ》ててそれを指ですくおうとしたせいでザガンの目の前に横顔が飛び込んでくる。

鼻の頭まで真っ赤になったその顔は、どこからどう見ても愛《いと》しい少女のものだった。

なにがどうなってこんな奇跡《きせき》が起きたのか理解が追いつかない。とにかく隣に入ってきたのはネフィ本人に外《ほか》ならなかった。

そこでネフィが顔をあげて、まともに視線が合ってしまう。

「「あ……」」

バシャッと水の音を立てて、ふたりは視線を逸らす。

「あ、ああっと、いい湯だな！」

「そ、そうですね！　素敵《すてき》なお風呂です」

実際のところ湯船の心地《ここち》よさとかもう全然わからなかったが、なにかしゃべらなければという使命感からザガンはそう言う。ネフィも緊張《きんちょう》しているようで、声が裏返っていた。

それからなにやら何度もザガンを見上げたり湯船を見つめたりするが、ほどなくして自分がここに来た理由かなにかを思い出したらしい。

すぐ後ろに置いたままの桶を湯船に浮かべた。

「ほう……？」

桶の中には猪口《ちょこ》や徳利《とっくり》といったリュカオーンの酒器一式が収められていた。猪口はリュカオーンのグラスで、徳利は酒瓶《さかびん》に当たるものだ。どちらも陶器《とうき》であることと、大陸のものより二回りくらい小さいのが特徴《とくちょう》だろうか。

ネフィは猪口を手に取ると、はにかむように微笑んだ。

「リュカオーンの銘酒《めいしゅ》だそうです。いかがでしょうか？」

「ああっと……それでは、いただこうか」

猪口を受け取ると、ネフィはそこにそっと透明《とうめい》な酒を注《そそ》ぐ。

淡《あわ》い酵母《こうぼ》の香《かお》り。酒の〝甘い〟と菓子《かし》の〝甘い〟は異なるものだが、生唾《なまつば》がこみ上げるような甘い酒の香りだった。

香りを楽しんでいると、ネフィが徳利を抱えたままであることに気付く。

少し考えて、ザガンは桶の中を見る。中には猪口がもうひとつ入っていた。

「その、ネフィもどうだ？」

「……！　えっと、では、せっかくですので」

控《ひか》えめに微笑むと、ネフィは猪口を受け取る。代わりにザガンが徳利をもらい、ネフィの器に酒を注いでやった。

「これは、不思議な香りですね」

「うむ。大陸のものとは種類が違《ちが》うようだな。こういう酒も悪くはない」

というか、なかなか気に入った。

口を付ける前にザガンが猪口を突《つ》き出してみせると、ネフィも恥《は》ずかしそうに猪口を掲《かか》げて返す。

コンとふたりだけの乾杯《かんぱい》の音が鳴る。

「お疲《つか》れ様《さま》でした、ザガンさま」

「ネフィもな」

小さな猪口の酒をひと口で飲み干す。

甘い口当たりとは裏腹に、喉《のど》から胸へと熱い感触《かんしょく》が流れる。しかし決して不快なものではなく、思わず感嘆《かんたん》の吐息がもれた。

キ・セルのような煙草《たばこ》も悪くないが、今宵《こよい》の酒は格別に美味《うま》かった。

それまでの後味の悪さも、たったひと口で押し流《なが》されてしまうほどに。

浴槽《よくそう》に背中を預け、夜空を仰《あお》ぐといつかと同じ孤月《こげつ》が浮かんでいた。湯の中に投げ出した手足にチリチリとした刺激《しげき》が心地よい。

黒花の要望で並べてみた岩の隙間《すきま》から冷たい風が流れ込み、火照《ほて》った頬《ほお》をほどよく撫《な》でていく。

「なるほど、これが風流というものか。悪くないな」

ようやく、リリスが力説した風呂のよさというものがわかったような気がした。

ネフィはどこかホッとしたように微笑む。

「はい。とても心地よいですね」

そうしてぼんやりと夜の空を見上げていると、ネフィが躊躇《ためら》いがちに口を開いた。

「ザガンさま」

「なんだ？」

「実はザガンさまの、お父さまの話を、お聞きしました」

またしても予想外の事実に、ザガンは猪口を取り落としそうになった。

「それはどういう……ああ、アルシエラのやつか」

「はい。よくおわかりになりますね？」

「他に接点がありそうなやつなどおらんからな」

つまらなそうに答えると、ネフィは困ったように苦笑《くしょう》した。

「あとの方がよろしいでしょうか？」

「いや、大丈夫だ。話してくれ」

そう答えてから、やはり首を横に振る。

「待て。こういうのはどうだ？　答え合わせをしよう」

「答え合わせ、でございますか？」

「ああ。マルクの話を聞いてから、俺もなにも考えなかったわけではないのだ。自分の考察が正しいか、せーので言ってみよう」

軽い遊び心を混ぜてそう言うと、ネフィもおかしそうに笑った。

「わかりました。では」

「うむ」

「『せーの』」


「『――銀眼の王――』」


その声は、見事に唱和した。

アルシエラがザガンを指して執拗《しつよう》に口にする名前。父親の呼び名だとすれば全《すべ》て納得《なっとく》できる。だからあの少女はザガンに協力的だったのだ。

ネフィは納得したように頷く。

「お気づきになられていたんですね」

「確信はなかったが、アルシエラの口ぶりとマルクとの関係を考えると、他に候補がなかったからな」

なにを聞いても言えないの一点張りの少女だが、それは答えの選択肢《せんたくし》を狭《せば》めているわけでもある。

結論を得るまでに三か月も要してしまったが、ようやく答えにたどり着いた。

——そいつがどんなやつだろうと、俺が俺であることには関係ないがな。

それでも、その男がなにを思ってどう生きたのか。人並み程度には関心を持ってしまったのかもしれない。

ザガンは二杯目《はいめ》を猪口に注いで、静かに口を開く。

「俺の方も、さっき新しいことがわかった」

「はい」

アリステラの体を乗っ取り、絶対の自信を持っていた〈天燐《てんりん》〉すら完膚《かんぷ》なきまでに破ってみせた恐《おそ》るべき存在。あれがなんだったのか、ザガンなりに答えは出ていた。

「——〈アザゼル〉——マルクとアルシエラが生涯《しょうがい》の敵としたそれが、現れた」

——これは、あたくしの敵ですわ——

頑《かたく》なに〈アザゼル〉の正体を口に出さなかったアルシエラだからこそ、あの言葉そのものが答えだった。

あれが〈アザゼル〉だ。

アルシエラが追うなと警告したのも頷ける。ひとりでは勝てなかっただろう。

ザガンがあの場を凌《しの》げたのは、バルバロスやビフロンスという宿敵が力を貸してくれたから、そしてアルシエラが尻拭いをしてくれたからに外ならない。

しかもあれはアリステラを操《あやつ》っていただけで、本体ではなかったように感じられた。

あれで末端《まったん》程度の力なのだとしたら、いまのザガンでは勝ち目はない。それこそシアカーンなんぞにかまっている場合ではないだろう。アルシエラのあの鬼気《きき》迫《せま》る修練も無理からぬ話だ。

力を付けなければならない。

ただ、それでも……。

「まあ、いまはこの風流とやらを楽しませてもらうとするか」

ザガンの目的は世界を救うことでも、銀眼の王の遺志を継《つ》ぐことでもない。

ただネフィやフォルたちと幸せに暮らすことなのだ。

だから、いまはそれを受け取ればよいのだ。

「はい。お供します」

ネフィも柔らかく微笑み返す。

それから、ザガンは怖《お》ず怖《お》ずと視線を返す。

未《いま》だに隣のネフィを直視できないが、それでもこの時間が終わってしまうのはあまりに惜《お》しい。

桶の中の徳利を軽く振ってみせた。

「ああっと、まだ酒も残っている。もう少し、長湯していかんか？」

その誘《さそ》いに、ネフィは恥ずかしそうに湯船へと顔をつける。

「のぼせちゃっても、知りませんよ？」

すでにすっかりのぼせてしまっているような気はするが、ネフィも拒絶《きょぜつ》はしなかった。

最初の動揺もどこへやら、眠気《ねむけ》をさそうような心地《ここち》にふたりは身を委《ゆだ》ねるのだった。

◇

「……はあ、本当に今日は厄日《やくび》なのかな。僕《ぼく》、なにも悪いことしてないのに。むしろ人助けだってしてあげたのに」

心底うんざりしたようにそう吐《は》き捨《す》てたのは、ビフロンスだった。

デクスィアと瀕死《ひんし》のアリステラを回収し、ザガンの城から撤退《てったい》したビフロンスはシアカーンが待つ隠れ家《かくれが》へと直行した。

「……嘘《うそ》。シアカーン、さま……？」

デクスィアが絶望の声をもらす。

そこで目《ま》の当《あ》たりにしたのは、倒《たお》れたシアカーンとそこに立ちはだかるアンドレアルフスの姿だった。

ビフロンスが留守にしたこの数日の間で、アンドレアルフスはザガンに宣言した通り、シアカーンの始末に強襲《きょうしゅう》していたのだ。

「ぐ、は……」

芋虫《いもむし》のようにもがいて、シアカーンが呻《うめ》く。

まだ息はあるようだ。

――まあ、まだ死なれちゃ困るからね。

そこは幸運だった。

「ビフロンスか。シアカーンとつるんだってのは本当らしいな」

アンドレアルフスが振り返る。手には教会のものらしき剣《けん》が握《にぎ》られている。聖剣《せいけん》とは違うようだが、神霊文字《しんれいもじ》が刻まれた武具のようだ。あれなら魔術も斬《き》り裂《さ》くことができるだろう。この〈魔王〉が使えば恐るべき力だ。

ビフロンスはいかにも反省した子供のような顔で口を開く。

「ふふふ、ひどいことをするね、我らが〈魔王〉筆頭アンドレアルフス。シアカーンはもう戦えないんだから、殺さなくてもいいいんじゃないかな？」

とはいえ、シアカーンも黙《だま》って討《う》たれたわけではないのだろう。

隠れ家の中はめちゃくちゃに破壊されているし、アンドレアルフスの洗礼鎧《せんれいがい》もボロボロで額からは血を流して無傷ではない。

アンドレアルフスはため息をもらす。

「悪いが、それはできない相談だな。こいつの始末は俺の仕事だ。まあ、お前には用はないから、見逃してやってもいいぜ？」

「こんなに頼《たの》んでいるのに、ダメかい？」

「くどいぜ。俺を喜ばせる見返りでもあるんなら少しは考えるが、それでもこいつを見逃すわけにはいかねえ」

ビフロンスは落胆《らくたん》に肩を落とす。

「はー……。キミは、本当につまらない〈魔王〉だよ。中立だとか義理だとか、〈魔王〉がそんなもの気にしてなんの意味があるんだい？」

「ひとりくらい、そういうのを気にしてやる〈魔王〉がいねえと、世界ってのは簡単に壊《こわ》れちまうもんだぜ？　もうマルコシアスの叔父貴《おじき》だっていねえんだしよ」

懐《なつ》かしい名前に、ビフロンスはしみじみ頷《うなず》く。

「嗚呼《ああ》、マルコシアス。偉大《いだい》な《最長老》。彼《かれ》は本当によかったよね。あの老人の目を盗《ぬす》んでこそこそ悪巧《わるだく》みを考えるのは本当に胸が躍《おど》ったよ」

「……お前も、たいがい歪《ゆが》んでると思うぜ？」

「それは魔術師だもの。正気な方がどうかしてるさ」

そして狂気《きょうき》の沙汰《さた》ほど面白《おもしろ》いものだ。味方であり、再起不能のシアカーンですら、ビフロンスをぞくぞくさせてくれるほど楽しく魅力的《みりょくてき》だった。

なのに、目の前にいる〈魔王〉はちっとも面白くない。つまらない男だ。

──本当に、いらないやつだなあ。

ビフロンスは教師に叱《しか》られた生徒のごとく、こびるような眼差《まなざ》しで言う。

「最後にもう一度だけ言うね。シアカーンを見逃してあげてほしいんだ。僕はまだまだ彼と遊びたい」

「お前もこりねえやつだな。駄目《だめ》だっつってんだろ」

「……あっそ」

答えなどわかりきってはいたが、その答えでビフロンスは一切《いっさい》の関心を失ったように視線を逸らした。

アンドレアルフスの姿は視界に入ってはいるが、もうそれを見てはいない。

そして〈魔王《まおう》〉の対話を前に震《ふる》え上《あ》がっているデクスィアに手を差し出す。

「ほら、そんなところでビビってるやつがいるかい？　その子を助けるんだろう？」

「で、でも……」

動いたら殺される。そう感じているのだろう。怯《おび》えるデクスィアに、ビフロンスは仕方なさそうに言う。

「まあ、ホントこういうのは趣味《しゅみ》じゃないんだけどさ。シアカーンとの契約《けいやく》もあるし、どのみちもうひとつ〈魔王の刻印〉がいるらしいしで、ちょうどよかったんだよ」

「……なんの話だ？」

不穏《ふおん》な気配を感じたのか、アンドレアルフスは剣を構える。

――だから、キミはつまらないんだよ。

それでも、一応は〈魔王〉に名を連ねる者に対しての敬意で口を開く。

「キミはまあ、確かに強いよ。〈魔王の刻印〉と聖剣なんて持ってるんだからズルだって言ってもいいくらいだ。最強の呼び名はキミに相応しい。でもさあ……」

ビフロンスは、虫でも払《はら》うように片手を振った。

「ただ強いだけのやつって、別に面白くともなんともないんだよ」

ドぷっと、水でも爆《は》ぜるような音が聞こえた。

「本当に、最期《さいご》までつまらないやつだ。ザガンなら僕が白々しく命乞《いのちご》いしてる時点で、躊《ちゅう》躇《ちょ》なく殴《なぐ》りかかってきてるよ？」

実際に、宝物庫ではちょっとからかっただけで殴り返された。こちらの駆《か》け引《ひ》きなど全部無視してぶち壊してくれるのだから、たまらない。一瞬《いっしゅん》でも油断していたらそのまま殺されていただろう。思い出したらまたザガンと遊びたくなってきた。

目の前の敵のことすらすっかり意識から忘れて去るビフロンスだが、そこに片腕《かたうで》はなかった。

アンドレアルフスは、不思議そうに自分の体を見下す。

消えた片腕は、そこにあった。

聖騎士の洗礼鎧を貫《つらぬ》き、胸を食い破るように幼い右手が突き出しているのだ。

そして、そこにドクンと脈打つ心の臓が握られていた。

「……殺してさ、本当につまらないから趣味じゃないんだ。もう遊べなくなるし、なにより簡単過ぎて、なにも楽しめないだろう？」

それを最期に、ぐしゃりと、アンドレアルフスの心臓が握りつぶされた。

〈魔王〉筆頭にして最強の聖騎士《せいきし》の、あまりに呆気《あっけ》ない最期だった。

# あとがき

みなさまご無沙汰しております。『魔王の俺が奴隷エルフを嫁にしたんだが、どう愛でればいい？』十巻をお届けに参りました、手島史詞でございます。

今回のお話は親孝行で温泉造り！　なんだけど闇落ち書くはずがオネショタ始まってたんだがどうすればいい？　そして今回はなんとドラマCD付き特装版も発売なのです。声優さま方みんなイケボ&可愛いで最高なので（語彙力）是非お聴きください。コミックファイアの方で宣伝漫画等も描いていただいているのでそちらもご覧いただければ！

もっとはしゃぎたいけどページがない！　もうひとつ来月三月三十日には大人気プラモアニメ『FAガール』ノベライズ第二弾も発売になります。

駆け足で申し訳ありませんが、今回もお世話になりました各方面へ謝辞。担当K氏。COMTAさま、板垣ハコさま、コミック編集さま、校正、広報、カバーデザイン等のみなさま。そして本書を手に取ってくださいましたあなたさま。ありがとうございました！

二〇一九年　十二月　年末の珈琲店にて　手島史詞

HJ文庫 http://www.hobbyjapan.co.jp/hjbunko/
863

# 魔王の俺が奴隷エルフを嫁にしたんだが、どう愛でればいい？10

2020年2月1日　初版発行

著者――手島史詞

発行者―松下大介
発行所―株式会社ホビージャパン

〒151-0053
東京都渋谷区代々木2－15－8
電話　03(5304)7604（編集）
　　　03(5304)9112（営業）

印刷所――大日本印刷株式会社

装丁――世古口敦志（coil）／株式会社エストール



ISBN978-4-7986-2121-0　C0193